AF286270

Niederrhein im Kopp und Orsoy im Bauch

Heinz van de Linde

Niederrhein im Kopp und Orsoy im Bauch

Gedichte und Geschichten aus dem Flachland

Entstanden mit freundlicher Unterstützung der Kulturstiftung der Sparkasse
Rheinberg

.

Bibliografische Information der Deutschen Nationalbibliothek:
Die Deutsche Nationalbibliothek verzeichnet diese Publikation in der
Deutschen Nationalbibliografie; detaillierte bibliografische Daten sind im
Internet über http://dnb.d-nb.de abrufbar.

© 2010 Heinz van de Linde
Satz, Umschlaggestaltung, Herstellung und Verlag: Books on Demand GmbH,
Norderstedt
ISBN: 978-3-8391-9486-7

Inhalt

Vorwort 9

ICH ERINNERE MICH 11

Damals 15

Orsoy 17

Reet 21

Auf einem Bein 22

Orsoyer Schützenfest 26

Örschauer Schözzefess 27

Manchmal überkommt es mich 30

Orsoyer Sonntag 38

Örschauer Sonndag 39

Ein Haus wird wach 41

Orsoyer Morgen 44

Leo und Falstaff 47

Rübenkraut und Nikolaus 49

Kommen Sie gut nach Hause 50

Zwischen den Jahren 53

Erinnerung an ein Haus 55

Bis Drießen und zurück 57

Orsoy schwarz-weiß und farbig 59

Oppa Dinslaken 62

Blaues Sofa auf grünem Grund 66

»Ich suche den häuslichen Frieden.« 70

Was ich Orsoy wünsche zum neuen Jahr und darüber hinaus 71

Kies und Krüge 74

Unter Dampf 77

Friedhofsfrauen 79

Oppa Binsheim 80

Sonntags-Fußball 81

Die Kreisbahn 82

Alle an einem Tisch 87

Hypnotische Musik 92

Der Orsoyer an sich 95

Von Mütterlein bis Leos Kneipe 99

Frühe Gäste 115

Die Hölle hat gebrannt 119

Der formvollendete Alex 120

Der Trick vom roten Gerd 122

Überläuten 124

Knochen für die Kneipe 127

So spielte Karl 128

Des Stadtchefs heiseres Sprachrohr 130

Fernsehlose Zeit 131

Leos Liebe zur Klassik 133

Vorhang auf für die Gäste 136

Tausch und Hauschelei 138

Drei Damen in der Kneipe 142

Weihnachtseinkäufe à la Orsoy 144

Herberge zur Heimat 146

Kneipentöne 148

Kleinkunst in Leos Kneipe 149

Eine Runde für alle 151

Umschlagplatz für Neuigkeiten 153

Mit Falstaff in der Kneipe 154

Theater und Leben 157

Vorwort

Die Gedichte und Geschichten umfassen in etwa die Jahre 1950 bis 1970. An den Häusern sind die Schäden des Krieges bald behoben, die Reparatur der Seelenschäden dauert länger. Die Menschen haben wieder geregelte Arbeit. In ihren Gärten bauen sie Kartoffeln und Kohl an. In den Geschäften ist wieder alles zu haben. In den Kneipen gönnt man sich Bier und Schnaps, es wird geredet dabei, gescherzt, geknobelt und gewettet. Freitags wird der Wochenlohn ausgezahlt. Dann sind die Kneipen besonders voll. Nicht selten wird noch das Plumpsklo benutzt. Und das Toilettenpapier ist die ausgelesene Zeitung, in säuberliche Quadrate gerissen, aufgeschoben auf einen gebogenen Drahthaken. Den Kohleherd gibt es noch mit der umlaufenden Reling und den oft glühenden Eisenringen, an dem man sich winters wärmt in der Küche. Die Niederrheiner sind Küchenmenschen, die Küche ist wichtiger Ort der Alltagsgeselligkeit. Elektrische Haushaltsgeräte kommen erst allmählich in Gebrauch.

Die Zeit Anfang der Fünfzigerjahre ist noch fast fernsehlos. Doch zum Endspiel der Fußballweltmeisterschaft 1954 stellt mancher findige Gastwirt einen Fernseher auf gestapelte Bierkästen und hundert Menschen sitzen dicht an dicht davor und saugen die Bilder ein. Das Jahr markiert einen Wendepunkt in der Art der Abendunterhaltung. Das allabendliche Sitzen auf dem Bürgersteig vor den Häusern in dem kleinen Ort, der kurze Schwatz mit den Vorbeigehenden verschwinden, als der Fernseher Einzug hält. Er macht auch dem Radio mit dem magischen grünen Auge Konkurrenz, und wenn Peter Frankenfeld mit seiner groß karierten Jacke am Samstagabend auf dem noch kleinen Bildschirm erscheint, sind die Straßen leer.

Die Pferdekarre des Bauern im Ort auf dem Kopfsteinpflaster konkurriert in den Fünfziger- und Sechzigerjahren noch mit den Autos, die den auf der Straße spielenden Kindern ein neues Hindernis sind. Dann drängen immer mehr davon auf die Straße, auch seltsame mit Holzchassis und einer Plastikhaut, Zweitakter, die man mit Zwischengas fahren muss und die beim Schalten aufheulen. Man sieht noch Männer zu Fuß zur Arbeit gehen, manche nehmen die Kleinbahn und sitzen auf Holzbänken. Die gepolsterten Sitze kommen später. Die Bahnhöfe sind bewirtschaftet, auch die kleinen, und Frikadellen, Soleier und kalte Koteletts gibt es dort zum Bier. In den zahlreichen Lebensmittelgeschäften wird man persönlich bedient. Mehl, Salz, Grieß und Rosinen werden abgewogen und in spitze Papiertüten gefüllt. Die Kinder gehen in evangelische und katholische Schulen und auch eine Blinddarmoperation ist konfessionell. Je nach konfessioneller Zugehörigkeit begibt man sich im evangelischen oder katholischen Krankenhaus unter das Messer. Eine Beerdigung ist Ereignis des ganzen Ortes und die zwei Pferde vor dem Leichenwagen bringen die Toten auf den katholischen oder evangelischen Friedhof. Die »Nachfeier« zu des Toten Gedenken zieht sich nicht selten hin bis weit nach Mitternacht, für die Männer jedenfalls.

Orsoy steht exemplarisch für das Leben in einem kleinen selbstständigen Ort vor der kommunalen Neugliederung Mitte der Siebzigerjahre, bei der oft historisch Gewachsenes missachtet wurde. Diese »geschlossene Gesellschaft« von damals möchte ich dem Leser in Gedichten und Geschichten vorstellen. Ich habe schließlich selbst dazugehört.

Heinz van de Linde

ICH ERINNERE MICH

ICH ERINNERE MICH an den muffig-süßen Duft von werdendem Rübenkraut auf dem Küchenherd, das den ganzen Tag brauchte, um zäh und dickflüssig zu werden.

ICH ERINNERE MICH an die zwei grünen Literflaschen für die Milch, mit denen ich mich freitags per Fahrrad auf den Weg machte zu Bauer Krützberg in Binsheim, und wie froh ich war, wenn ich sie heil wieder nach Hause brachte.

ICH ERINNERE MICH an Jan Berns, der in Eversael eine Kneipe und eine Bäckerei mit Lebensmittelladen hatte, ebenfalls einen in Orsoy. Der einmal die Woche meinen Vater, seinen Freund aus alten Zeiten, besuchte. Jan Berns hatte Probleme mit der Luft. Aber die beiden hatten sich viel zu erzählen.

ICH ERINNERE MICH an die »Kotelettvilla« in Orsoy, die sich ein Metzger hatte bauen lassen und die in meinen Kindertagen ein Trümmergrundstück war. Wo wir spielten und nach verstecktem Metall gruben, Blei oder Kupfer, das man beim Lumpenhändler gut versilbern konnte.

ICH ERINNERE MICH an Herrn Holtwick, den sie alle Klöös nannten. Es hieß immer, er sei Zigarrenmacher gewesen vor dem Krieg. Einmal gastierte eine Hochseiltruppe vor der evangelischen Schule. Beim Anblick des Drahtseilartisten hoch oben entfuhr es Klöös Holtwick: »Jong, komm haronder!«

ICH ERINNERE MICH an Blut- und Leberwürste in runzligem Papierdarm, die wir einmal im Jahr von Onkel Hermann aus Binsheim bekamen.

ICH ERINNERE MICH an Imgrunds, die nebenan eine Drogerie hatten und die an Sommertagen abends auf dem Bürgersteig vor ihrem Haus saßen.

ICH ERINNERE MICH an Esspapier und Waldmeisterbrause in Tütchen oder Würfeln, die es an Seemanns Bude oder bei Bäcker Lecke zu kaufen gab.

ICH ERINNERE MICH an den Kuhteich, in dem ich trotz der Blutegel schwimmen gelernt habe.

ICH ERINNERE MICH an den Hof hinter Bongerts Metzgerei, wo wir Zirkus spielten und mit italienischen Namen auftraten, die uns Herr Wickel gegeben hatte. Der Eintritt kostete zwanzig Pfennig.

ICH ERINNERE MICH an Spritzgebäck und Kokosmakronen, die vor Weihnachten in der Küche gebacken wurden und von denen manche schwarz und verbrannt aus dem Kohleherd kamen.

ICH ERINNERE MICH an die Funklotterie von Just Scheu, bei der die Familie vor dem Radio mit dem magischen grünen Auge saß.

ICH ERINNERE MICH an gebratenen Aal und den klappernden Pfannendeckel, weil die Aalstücke nicht zur Ruhe kamen.

ICH ERINNERE MICH an den Freund meines Vaters, der einen Aalschocker auf dem Rhein hatte und mit der Tüttebell auch andere Fische fing. In der kleinen Wohnung an Bord gab es manchmal für meinen Bruder und mich heiße Schokolade mit fetter Büchsenmilch.

ICH ERINNERE MICH an Dr. Karl Wigge, meinen Erdkundelehrer am Gymnasium Adolfinum in Moers, den alle DKW nannten, der im Erdkundeunterricht Afrika mit Mangrovenwald und Krokodilen vor uns erstehen ließ und der einmal eine Anakonda spielte, die ein Schaf verschlingt.

ICH ERINNERE MICH an die letzte Fahrt der Kleinbahn Moers-Rheinberg, als es Bier und Würstchen gab auf Kosten der Bahnhofswirte, die eigentlich allen Grund zur Trauer gehabt hätten.

ICH ERINNERE MICH an das erste Schützenfest in Orsoy nach dem Krieg, das in Kuhlmanns Wiese am Kuhteich gefeiert wurde und von dem später viele sagten, es sei überhaupt das schönste gewesen.

ICH ERINNERE MICH an Onkel Hubert, der am Fähranleger eine winzige Kneipe hatte und der einmal einem Einbrecher mit einem Beil zwei Finger abgehackt haben soll und der jedem, der es sehen wollte, die zwei Kerben in der Tür zeigte.

ICH ERINNERE MICH an das Schlittschuhlaufen im Winter auf dem zugefrorenen Kuhteich und meine kläglichen Versuche, beim Eishockey mitzuhalten.

ICH ERINNERE MICH an unser Plumpsklo, das einmal im Jahr entleert wurde, und an den Transport des Jauchefasses auf dem Handkarren bis zu der Wiese vor dem Binsheimer Tor.

ICH ERINNERE MICH an den Tag, als es hieß, Schuster Otto habe sich aufgehängt, und mir wurde klar, dass ich ihn eigentlich gar nicht richtig gekannt hatte.

ICH ERINNERE MICH an die heisere Stimme des Stadt-
ausrufers Pitt Brecker, der an den wichtigen Plätzen der Stadt
Wichtiges für die Orsoyer bekannt zu geben hatte, im Auftrage
des Stadtdirektors.

Orsoy in einer Luftbildaufnahme von 1976

Damals

Das Rathaus in Orsoy jetzt leer,
das alte mit der gotischen Front.
Sozusagen leer jedenfalls.
An zwei Menschen denke ich,
die taten hier Dienst.
Knappmann, Walter Knappmann,
Stadtdirektor und irgendwie gefürchtet.
Watt sacht Knappmann denn?
So fragten die Leute,
wenn sie wissen wollten,
was die Verwaltung in Orsoy wohl dächte
in der einen oder anderen Sache.
Hermann Joosten, der andere,
mit steif gebliebenem Bein,
mit einer Stimme rau wie Backstein
und überhaupt nicht leise.
Zuständig für Personalausweise,
auch für abhandengekommene.
Die Häuser rund um die Kirche im Zentrum
sind längst nicht mehr da.
Das eine, wo Franz Lecke Brötchen gebacken hat.
Sechs Pfennig das Stück damals.
Wo er auch gestorben ist
und auf dem Sterbebett gesungen haben soll:
»Harre, meine Seele, harre des Herrn!«
Und das andere Lied,
in dem die klugen Jungfrauen vorkommen.
Das Haus, in dem es Zigarren gab und Tabak,
das van Marwicks gehörte.
Das Schaufenster voll von Zigarren,
manche aufgespießt und ein Stück angeraucht,

mit schneeweißer Asche,
fest und stabil.
Frau van Marwicks Werk.
Das war ihr zuzutrauen.

Orsoy

Kleine Stadt, Kleinstadt,
groß für mich damals.
Alles war zu haben.
Alles konnte man kaufen.
Alles reparieren lassen.
Alle konnte man kennen.
Und überall durften Kinder
die Nase reinstecken.

Auch in das Schlachthaus von Adam Bongert,
das bebte und erzitterte,
wenn ein Bulle tot umfiel.
In die Backstube von Heinrich Münster
in der Kuhstraße
oder die von Quintin Schmitt,
wo die Leute morgens um fünf
schon ihre Brötchen kauften
und Quintin von der Arbeit abhielten,
der lieber Autoschlosser geworden wäre.
In Kleintjes' Reparaturwerkstatt,
wo die Orsoyer Fahrräder
zum Flicken landeten
und wo es vorm Laden auf der Egerstraße
literweise Benzin gab.

Bauern gab es noch
mitten in der Stadt.
Zwei Susmanns, jeder mit Pferdekarren
und den großen Karrenrädern.
Vier Schuhmacher,
die sich die Orsoyer Schuhsohlen

und Absätze teilten.
Die Lebensmittelläden der Geschwister Grutkamp,
der drei Giesen-Schwestern,
die von Peters, Schumanns, Nürenbergs, Surkamps
und wie sie alle hießen.
Kneipen en masse:
Hermann Fischer mit seinem »Rheingarten«,
das »Haus Germania« und das »Jägerheim«
der alten Frau Sistig,
»Mütterlein« Hoorens,
das »Alte Fährhaus« von Hein Liesefeld,
der an seinem Namenstag
halb Orsoy freihielt.
Die Kneipe von Becker
auf der Kuhstraße,
uralt und muffig,
und die »Alt-Orsoyer Schenke«
von Hugo Kersken nicht zu vergessen.
»Kommen Sie gut nach Hause«,
sagte er mit einer leichten Verbeugung.

Ich denke an Karl Schumann,
Herr über zwei Pferde,
die auch den Leichenkarren zogen
und die toten Orsoyer
auf die zwei Friedhöfe brachten,
evangelisch und katholisch,
jeden in seine Ecke.
Einmal scheuten die Pferde
und galoppierten mit dem Sarg bis Pelden
und kamen dort zum Stehen.
Mein Gott, da war noch was los.

Ich denke an Franz Hauser
und sein Milchgeschäft
und seine Frau,
die immer »furrechbar« sagte.
Am Sonntagmorgen war der Laden
für eine Stunde geöffnet.
Dann versorgten sich die Orsoyer
mit Schlagsahne für die Kirschtorte
am Nachmittag.
Für Blumen ging man zu Ewalds,
die so ein wunderbares Maschinchen hatten
zum Kräuseln von Krepppapier
für Blumentöpfe, Farbe zum Aussuchen.
Oder zu dem uralten Otto Kersken,
Onkel von Hugo,
so eine Art Blumendoktor,
der die lateinischen Blumennamen parat hatte
und mit Belehrungen nicht sparte:
»Blumen riechen nicht, sie duften.«
Und seine kleine Frau,
die hinter ihm herschlurfte,
die mit ihrer dicken Brille
ganz nah an alles heranging,
auch an die Kunden.

Drei Läden gab es für Zigarren,
mindestens drei.
Den von Konrad Fällgenträger
mit der heiseren Ladenschelle
und seiner ebenso heiseren Frau,
lang und dürr
und immer mit einem Wollschal.
In van Marwicks Schaufenster

auf der Rheinstraße
waren Zigarren aufgespießt
und angeraucht, so eineinhalb Zentimeter.
Nur bei van Marwicks zu sehen.
Theo Peters verkaufte auch Zigarren
und kegelte montags
im Kegelklub »Vater Rhein«.
Fritz Oelinger, der Eisenmann,
der Schmied, rauchte Zigarren,
aber kegelte nicht,
sprach auch nicht viel,
schon gar nicht beim Pferdebeschlagen.
Ich glaube, die Pferde
waren ihm lieber als die Menschen.
Und wenn Theo Imgrund
abends vor seiner Drogerie saß
mit Frau und Kindern
und »'n Abend« sagte,
dann kam eigentlich nie
Fritz Oelinger vorbei.

Reet

Orsoy, eine Welt für sich
mit eigener Sprache,
nicht immer zimperlich,
grob manchmal,
aber nicht so gemeint.
»Lekk mech de Reet!«
oder einfach »Reet!«
Mit mir nicht!
Du kannst mich mal!
Das war's. Aus!
»Reet« – Parole, Codewort,
Etikett für Insider,
Qualitätsstempel,
Brandzeichen für Orsoyer,
Parfum d'Orsoy,
Stallgeruch.
»Reet.«

Auf einem Bein

Auf einem Bein kann man nicht stehen,
sagen die Leute
so quasi als Entschuldigung
für den zweiten und dritten Schnaps.
»Tu nochma ein, Leo,
auf ein Bein kammajanich stehn«,
sagten die Orsoyer in Leos Kneipe,
viele jedenfalls:
Gerd Schlusen, Alex Senden,
Willi Raiers und Jenna Pekel,
Johannes eigentlich,
aber alle sagten Jenna.

Und sie wussten ganz genau,
dass Leo tatsächlich auf einem Bein stehen konnte.
Stundenlang, wenn es sein musste,
bis tief in die Nacht um drei Uhr.
Leo stand und stand
und hundert Meter weiter floss der Rhein.
Und weil er der Wirt war, stand er am längsten.
Wegen einer Beinverkürzung, Kinderlähmung,
am liebsten auf einem Bein,
aus Bequemlichkeitsgründen.

Alle in Leos Kneipe konnten lange stehen.
Sechs Stunden an der Theke ohne Ermüdungserscheinungen.
Gerd Schlusen und Alex Senden saßen nie.
Die standen bis zum Umfallen
mit dem Schnapspinnchen in der Hand.
Alex Senden trank ja nur Wacholder,
von Claus von der anderen Rheinseite,

von Walsum, gönnt Sitt.
Alex hatte so einen Schlürfmund.
Der Mund strebte sozusagen dem Schnaps entgegen.
Schnapspinnchen mit Fuß,
die Hand gestreckt.
Das Schnapsglas eingeklemmt
zwischen Mittel- und Ringfinger.
So trank Alex und stand
und guckte, ob ihn alle sahen.
Er sagte immer, am Niederrhein
da wäre die Luft so schlecht, zum Umfallen.
Im Sauerland, so ab dreihundert Meter Höhe,
da ginge es ihm besser.
Und in Arosa erst,
ja, da hätte er überhaupt keine Schwierigkeiten.

Jenna Pekel kannte die Fisimatenten von Alex Senden.
Die hätte er auch gerne gemacht,
konnte er aber nicht.
Er hatte nur noch drei Finger an der rechten Hand,
und den linken Arm,
den hätte er bei einem Motorradunfall verloren,
hieß es immer.
Aber was Jenna mit seinen drei Fingern konnte:
Zigaretten drehen und Schnaps trinken,
alles auf einmal, wie der Deubel.

Bella Krause hatte jedenfalls Jenna
noch mit zwei Armen gekannt,
sagte sie jedenfalls immer.
Der hätte beim Tanzen immer so schön geführt.
In seiner Jugend, damals.
Wenn Bella in die Kneipe kam,

sagte Leo wie auf Kommando: »Good evening, Madam.«
Und schon stand ein Korn vor ihr.
Und Bella antwortete dann: »Good evening, Sir.«
So vornehm englisch ging das mit denen.
Bella kochte für Leo
und putzte seine Kneipe.

Später nicht mehr.
Dann war Leo ja verheiratet
mit Gerd Kühnens ältester Tochter.
Die Kühnens konnten alle so wunderbar
Akkordeon spielen.
Bella kam auch danach noch.
Und nach Mitternacht sang sie manchmal vor der Theke.
Bloß bei den hohen Tönen wackelte immer der Kopf.
Das gab dann so schöne Tremolos.
Der Rhein kam immer vor
und manchmal auch Italien so mit Tiritomba
und ernstere Stückchen vom Kirchenchor,
wo sie die Altstimme sang.
Alle standen dann und waren still.

Jetzt singt sie nicht mehr,
hier unten auf der Erde jedenfalls nicht.
Aber oben im Himmel, stelle ich mir vor,
da singt sie weiter.
Und alle lauschen im Stehen bis zum Umfallen.
Leo auf einem Bein bis spät in der Nacht.
Und was die Polizeistunde angeht,
da drückt der liebe Gott sicher ein Auge zu
und lässt noch zu später Stunde Körnchen springen
für alle, die an der Himmelstheke stehen,
auf einem Bein oder zwei,

für Sänger, Säufer und Sünder,
für alle.

Orsoyer Schützenfest

Vierhundertfünfzig Jahre Tradition auf dem Buckel.
Doch man geht gerade und trägt den Kopf hoch
mit dem grünen Hut und der Schützenfeder.
Und bei der Parade geht man im Stechschritt
und streckt das Bein.
Wenn das Kommando kommt
und ein Ruck durch die Körper geht,
auch die alten.

Alle zwei Jahre
im Stechschritt über die Kuhstraße
oder sonst wo in Orsoy.
Immer da, wo viele Leute stehen,
die gucken, ob alles klappt.
Ob die Beine hochfliegen
zur rechten Zeit.
Im Takt mit der Musik.
»Seht, da kommt der König.«
Und da kommt er.
Mit Königin und Hofstaat.
Die Kutsche geschmückt
mit Tannengrün und weißen Dahlien.
Dahinter die Schützen, ziehen durch Orsoy.
Stundenlang.
Bis alle den Zug gesehen haben.
Manche von beiden Seiten.

Örschauer Schözzefess

Vierhondertfiffzeg Joor Tradition op de Pokkel.
Doch me geet grad on drägh de Kopp hoch
met dä grünen Hut on de Schözzefeer.
On bej de Parade geet me inne Stääkschrett
on sträkk dat Been.
Wenn dat Kommando kömmp
on enne Rukk dör et ganze Liv geet,
ok di alde.

Alle twee Joor
met Stääkschrett öwer de Kuustroot
oder sönswo in Örschau.
Ömmer dor, wo vööl Lüj stönd,
di kieke, op alles klapp.
Op di Been hochfliege
op de rechten Titt
innen Takk met de Musik :
Seht, da kommt der König.
On dor kömmp hej.
Met Königin on Hoofstaat.
Di Kutsch geschmökk
met Tannegrün on wette Dahlie.
Dordrachter di Schözze on träkke dör Örschau.
Stondelang.
Bös all dän Zug gesien häwwe.
Manche van beide Sieje.

Die Schützen marschieren und denken an Bierchen
später im Festzelt.
Und den Schnaps dazu,
weil es im September schon mal ein bisschen kühler ist.
Muss aber nicht.
Zu Hause steht Plattenkuchen auf dem Tisch
für den Besuch.
Mit Pflaumen dicht an dicht und pillegrad
und einem Klatsch Sahne.
Aufgesetzten gibt es aus Fuhrmannspinnekes
und Natron danach gegen Sodbrennen.
Spätnachmittags kommen die Schützen nach Hause
und umarmen den ganzen Besuch,
auch die Schwiegermutter,
mit der sie sonst nicht so können, vielleicht.
Dann gibt es auch schon mal ein Tänzchen
zwischen Fernseher und Sofa.
Und am Abend ist der Besuch weg.
Dann nehmen die Schützen ihre Frauen an die Hand
und hören die Musik vom Festzelt
und sind nicht mehr zu halten.

Di Schözze maschiere on denke an Bierkes
laater in't Fesszelt.
On dä Schnaps dorbej,
wenn et inne September alles en bettje küüler ös.
Mott äwer nit sin.
Tehüss steet Plaatekuuk op den Desch
för den Besüük.
Met Kwätsche, dech an dech on pillegrad
one enne Klatsch Sahne.
Opgesatte gäw et üt Fuurmannspennekes
On Natron drachterin täge Suurbranne.
Tägen Owend komme di Schözze nor Hüss
on ömärme dä ganzen Besüük,
ok de Schweegermoder,
met di sej et söns nit so könne, viellech.
Dann gäw et ok alles en Dänzke
tösche Flimmerkiss on Sofa.
On Owes ös dän Besüük wegk.
Dann näme di Schözze ör Fraues anne Hand
on höre di Musik vannet Fesszelt
on sin nit mehr te halde.

(in Mundart von Marga Härter)

Manchmal überkommt es mich

Manchmal überkommt es mich.
Dann möchte ich fünfzig Jahre zurückdrehen
und durch das Orsoy gehen
von nach dem Krieg,
durch das Orsoy der Fünfzigerjahre.
Als alles wieder halbwegs aufgebaut war
und nur hier und da noch ein kaputtes Haus stand
mit leeren Fensterhöhlen.
Die Orsoyer hatten schon zwei Nachkriegsschützenfeste hinter sich
und man musste nicht mehr Kohlen klauen gehen,
abends heimlich an der Rheinwerft.
Und das Bier war nicht mehr so dünn
wie direkt nach dem Krieg.
Schnaps gab es wieder,
der besser war als der Selbstgebrannte,
bei dem man nicht um Leib und Leben fürchten musste.
Also in der Zeit noch einmal durch Orsoy
und hier und da mal reingucken.

In die Alt-Orsoyer Schenke von Hugo Kerskens,
der noch Fundamente vom alten Kuhtor im Keller hatte,
vom Vortor des Kuhtors, genauer gesagt.
Dort möchte ich ein Pils trinken
an historischer Stelle,
ein Pils in Kombination mit einem Wacholder,
den die Niederrheiner für Medizin halten,
der die Nieren reinigt und den Harn befördert,
Orsoyer Alltagsweisheit,
älter als das Kuhtor wahrscheinlich.
Und ich würde warten,
bis Hugo die ersten Herrschaften verabschiedet:
»Kommen Sie gut nach Hause,

und bis demnächst
und grüßen Sie Ihren Hund.«
Höflich bis in alle Knochen.

Am richtigen Kuhtor, also wo es einmal stand,
bevor es im Krieg gesprengt wurde,
da würde ich mir den Torwächter vorstellen
und ihm zunicken und bedeuten,
dass ich doch alter Orsoyer sei
und sozusagen freien Eintritt hätte.

Ein Stückchen weiter auf der rechten Seite
verkaufte Karoline Peters Lebensmittel
und was so dazugehörte.
Zwei eingelegte Heringe,
von Karoline selbst mariniert,
nähme ich mit,
und reichlich Zwiebeln dazu.
Und Karoline würde ihren Witz machen
darüber, wie Zwiebeln wirken und so.
Schallend lachen würde sie dann
und ihre Augen würden glänzen
hinter den dicken Gläsern
ihrer randlosen Brille.
Zum Schluss würde sie noch einen Hering dazulegen
und wieder lachen und sagen: »Fürs Wiederkommen.«
Vielleicht würde sie mich auch einladen
zum Frühschoppen am Sonntag nach der Kirche
bei Tütta Münster, in das Zimmerchen hinter dem Hutgeschäft.
Sie brächte den Aufgesetzten mit
und Emma Peters sei auch da.
Ich sollte mir das mal überlegen.
Das täte doch gut zwischen Kirche und Mittagessen.

Bei den Geschwistern Fels würde ich die Tageszeitung kaufen
in ihrem Schreibwarenladen,
vielleicht noch einen Radiergummi und einen Bleistiftanspitzer,
kann man ja immer gebrauchen.
Drei Schwestern sind das,
da ist kein Mann im Haus
außer dem Kater.
Eine arbeitet auf der Post am Schalter
und ist nur samstags mal im Laden,
aber auch nur, wenn richtig was los ist.
Vor Weihnachten vielleicht,
wenn die Leute Geschenkpapier brauchen in Massen
und Bücher für den Gabentisch bestellen.
Die drei Fels' sind eher stille Frauen,
nicht dass die unfreundlich sind,
aber die reden nur das Nötigste.
Ist vielleicht verständlich:
nur mit Büchern und Papier um einen herum.
Die haben nichts gegen Karoline Peters,
aber Aufgesetzten mit ihr trinken
zum Frühschoppen am Sonntagmorgen? Nie!

Ein Stückchen weiter an der Ecke
verkauft Günter Ewalds Blumen.
Das Maschinchen, mit dem man
Krepppapier kräuseln kann,
hat er von seinen Eltern, den alten Ewalds.
Mehrmals umgezogen sind die Ewalds
innerhalb von Orsoy,
von hier nach da.
Die Hauptstraßen haben sie jedenfalls durch,
meine ich.
Und das Krepppapierkräuselmaschinchen
ist immer mitgezogen.

Bei Günter Ewalds, dem Jüngeren,
würde ich eine weiße Hortensie kaufen
mit hellblauem Kräuselkrepp um den Topf herum.
Mit barocker Bordüre.
Da sind die Ewalds stolz drauf,
auf barocke Bordüren in Kräuselkrepp,
schon die alten Ewalds waren das.
Das gebe Blumen etwas Vornehmes,
das mache Blume und Topf
zu etwas Besonderem,
zu einem erhabenen Gesamtkunstwerk.
So oder ähnlich würde Günter Ewalds sagen.
Und so tun,
als ob er das von der Kanzel predigte.
Da fehlte nur das Amen.
Könnte man bei ihm aber auch haben,
wenn man wollte, ohne einen Pfennig mehr.

Dann ginge es schräg gegenüber zur Bäckerei Lecke
mit den Brötchen für sechs Pfennig,
mit dem Laden so wohlig warm
vom Backofen her,
wo man im Winter gern endlos lange geblieben wäre.
Bäcker Lecke war stämmig
und gut dabei,
aber zartbesaitet,
und konnte alle Lieder
im evangelischen Gesangbuch.
Im Winter würde ich alle vorlassen,
die im Laden warten,
und mir warme Füße holen
und dann erst drei Brötchen
und zwei Hefeteilchen verlangen.

Bei van Marwicks ein paar Häuser weiter
würde ich vor dem Schaufenster stehen,
eine ganze Zeit lang,
und mir die aufgespießten Zigarren angucken,
angeraucht und mit anderthalb Zentimeter Asche.
Frau van Marwicks tut das, sagten alle,
nicht ihr Mann, nein,
den sah man eigentlich nie.

Zu Hausers Milchgeschäft direkt gegenüber
würde ich am liebsten sonntags gehen,
so um halb drei,
vorm Kaffeetrinken jedenfalls,
und Schlagsahne kaufen für die Kirschtorte,
und Frau Hauser würde »furrechbar« sagen,
wenn sie das Wetter meinte
oder den Hundedreck auf dem Bürgersteig
oder die Kunden,
die alle keine Zeit hätten.
»Furrechbar!«

Und bei Karl Hagemann,
Musikdirektor, Organist, Dirigent,
Spezialist für Fantasietangos auf dem Piano
und zuletzt auch noch Wirt,
da möchte ich vor der Theke stehen
und noch mal gucken,
wie er zapft und sich den Bierschaum
von den Händen schlägt,
als hätte er die fünfzig Sänger des Männergesangvereins vor sich,
die auf sein Kommando gucken.
In seinem Akkordeonorchester möchte ich noch mal mitspielen,
»Gruß an Kiel« vielleicht,

den zackigen Marsch,
und die Männer an der Theke würden mittrommeln,
was das Zeug hält.
Die Biergläser würden gefährlich wackeln
und Jakob Winschuh würde ein ganzes Blasorchester imitieren.
Das war immer so am Samstagnachmittag,
da war Leben in der Bude.
Kunst und Kommerz untrennbar verwoben.

Den alten Thüssing würde ich gerne ärgern,
den Herrscher über Pülverchen und Essenzen.
Der sagte kein Wort zu viel
und guckte immer so von oben herab.
Ich würde ihm etwas Lateinisches an den Kopf werfen
und sagen, das hätte ich gerne,
»Viola tricolor« oder so was.
Mal gucken, was er dann macht,
und ich würde sagen,
das hätte ich gerne in Pillenform,
hoch dosiert,
mit Retardwirkung.
Mal gucken, wie er dann gucken würde,
ob der vom Sprechen ab wäre.

Ganz anders Grete Voss,
die Liebenswürdigkeit in Person,
die das »Guten Morgen« so hauchen konnte,
so zart wie ihre Seidenschals in Pastellfarben.
Für das Exquisite ging man zu Grete Voss.
Ich würde die drei Stufen hoch
zu ihr in den Laden gehen
und mich auf das gehauchte »Guten Morgen« freuen,
das mir entgegenwehen würde,

und das »h-ja«, das immer hinterherkam,
wie ein Seufzer, aber nicht so gemeint.
Ich würde mir Krawatten zeigen lassen,
die hätte sie vorrätig in allen Farben des Regenbogens.
Zu jeder einzelnen würde sie etwas sagen,
gehaucht und mit vielen »h-ja's« dazwischen.
Ich würde mir Zeit lassen bei der Entscheidung
und Grete Voss reden lassen
und irgendwann glauben,
jetzt sei ihr langsam die Luft ausgegangen.
Aber auch beim Einpacken würde sie weiterreden
und mich beglückwünschen zu meinem guten Geschmack.
Ja, all das würde ich genießen in ihrem Lädchen,
klein und eng,
der nach den Stoffen riecht
und ein bisschen nach Parfüm
und der ohne Grete Voss undenkbar war.

Bei Quintin Schmitt würde ich auch reingucken,
der morgens beim Brötchenbacken schon die Autos im Kopp hatte,
die bei Imgrunds auf dem Hof standen
und auf ihn warteten, auf Schraubschlüssel und Bohrer,
auf den Bäcker mit Autoverstand.
Neben den blauen Opel würde ich mich stellen
und Quintin ein bisschen zusehen
auf dem Hof der Drogerie Imgrund.
Da war Platz für zehn Autos.
Quintin würde zwischendurch halblaut fluchen,
wenn etwas nicht fluppte,
so auf Moselländisch.
Da war er ja her, hieß es immer,
aber in Orsoy hängen geblieben
und in zweiter Ehe mit Toni Strohscheidt verheiratet,
von dem Maler und Anstreicher aus der Kirchstraße.

Wenn Drogist Imgrund dazukäme,
würde ich ihn fragen
wegen der Dunkelkammer,
und ob ich wohl mal wieder reingucken könnte
in sein heimliches Reich,
den Entwicklungsraum im Hinterhaus
mit Rotlicht,
in das magische Kabüffchen der Drogerie.
Hier machte Theo Imgrund
den Orsoyern ihre Fotos parat,
makellos mit gezacktem Rand oder glatt,
in Hochglanz oder Matt.

Voll der Eindrücke, der Bilder, der Worte und Gerüche
würde ich mich jetzt gerne irgendwo hinsetzen
und das alles sacken lassen.
Bei »ne Tass« Kaffee in Münsters Café.
In der Backstube wären die beiden Heinrichs zugange,
und wenn es Samstag oder Sonntag wäre,
würde draußen Speiseeis verkauft,
Vanille und Schokolade.
Erdbeer kam später.
Und ich hätte das Gefühl,
ich schlürfte Orsoy in mich hinein.
Ganz lange sitzen bleiben würde ich,
mit Orsoy im Bauch und den Niederrhein im Kopp.

Orsoyer Sonntag

Einmal um die Stadt
und bei Liesefeld ein Bierchen trinken oder zwei.
Jeder Spaziergang endet erbarmungslos in der Kneipe,
als Belohnung sozusagen.
Kann man doch nix gegen haben.
Bei Kersken den Wall rauf
und gucken, dass die kleinen Steinkes
einem nicht in die Sandalen kommen.
Am evangelischen Friedhof die Bendstege runter
mit Blick auf die Kastanienbäume in Kuhlmanns Wiese.
Drei Stück, richtige Prachtstücke.
Bis dahin schon fünfmal »Tachzamm«.
Ist ja immer jemand unterwegs,
so auf dem Wall,
besonders sonntags.
Und alle kennt man.
Scharfe Bügelfalten an Sonntagshosen
und Faltenröcke bei den Damen.
Man will sich ja nix nachsagen lassen,
wenn man so gegen Abend
sich bei Liesefeld hinsetzt auf ein Bierchen oder zwei
und Bananenlikör für die Frau bestellt.
So gehen die Orsoyer Sonntage zu Ende.
Für viele jedenfalls.
Bei Liesefeld im »Alten Fährhaus«
oder bei Kersken in der »Alt-Orsoyer Schenke«
oder bei Fischer im »Rheingarten«,
wo manchmal Fred Kubik noch seine alte Geige holt
und Stückskes spielt zum Steinerweichen.
Und wenn man nach Hause geht,
hat man die Fiedel noch im Ohr.
Bis nächsten Sonntag.

Örschauer Sonndag

Eenmool öm de Stadt
on bej Liesefeld en Bierke drenke oder twee.
Jede Spaziergang en'ne erbarmungslos inne Kneipe,
als Beloonong sotesägge.
Kann me doch neks tägen häwwe.
Bej Kerken de Wall ropp
on kieke, dat di kleine Steentjes
enem nit inne Sandale komme.
Annen evangelische Kärkhoff de Bendsteeg ronder
met Blekk op Kastanienbööm in Kuhlmanns Weij.
Dri Stökk, rechtege Prachstökke.
Bös dorhen all fiffmool Dagtesaame.
Ös jo ok ömmer jemand onderwägs
so op de Wall.
Besonders sonndags.
On all kennt me.
Schärpe Bügelfalde anne Sonndagsbokkse
on anne Falderökk vanne Frollüj.
Me well sech jo neks norsägge loote,
wenn me so tägen Owend
sech bej Liesefeld hensätt för en Bierke oder twee
on Bananlikör för de Frau bestellt.
So gönnt di Örschauer Sonndaage te End.
för vööl jedenfalls.
Bej Liesefeld im »Alten Fährhaus«
oder bej Kersken inne »Alt-Orsoyer Schenke
oder bej Fischer inne »Rheingarten«.
Wo manchmool Fred Kubik noch sin alde Geige hiel
on Stökkskes spöllne »zum Steinerweichen«.
On wenn me op Hüss aanging,
hat me di Fidel noch in't Oor.
Bös nächsde Sonndag.   (in Mundart von Marga Härter)

Collage Rheindeich und Rathaus,
Fotomontage von Alexander Kirberg, 2005

Ein Haus wird wach

Es ist noch still und dunkel im Haus. Sie steht als Erste auf. Bedacht, keinen Lärm zu machen. Manchmal werde ich wach und rieche für flüchtige Augenblicke den süßlichen Duft von Urin, der von dem Nachttopf kommt, mit dem sie durch unser Zimmer huscht. Mein Bruder schläft noch. Ein Stück Flur entlang, dann erst macht sie Licht. Die Treppe hinunter, über den kleinen Hinterhof zur Werkstatt. In der hinteren Ecke das Klo, das jeden Morgen den Inhalt des Nachttopfs empfängt.

Für eine Stunde hat meine Mutter das Erdgeschoss für sich. Das genießt sie. Sie macht die Öfen in der Küche und in der Werkstatt an. Sie kümmert sich um ihre Beine. Seit ihren ersten Ehejahren hat sie offene Beine: »Ulcus cruris«, sagt der Arzt. Krater an beiden Schienbeinen. Wenn der Nachtverband entfernt ist, bedeckt sie die Krater und die Beinlandschaft drum herum mit weißer Salbe. Sie spachtelt die Salbe auf, wie Maurer es tun, wenn sie eine Mauer zum Ausbessern vor sich haben. Die bestrichenen Flächen deckt sie mit Mullbinde ab und wickelt zum Schluss meterlange Verbände um ihre Beine, stramm und fest. So ist sie gerüstet für den Tag. Denn ihre Beine werden nicht geschont. Wenn jemand auf ihre Beine zu sprechen kommt, sagt sie: »Damals im Krieg bin ich über einen Aschenkessel gefallen, seitdem das Malheur.«

Sie putzt und poliert alle Schuhe, auch die von meinem Vater, obwohl er in seiner Schuhmacherwerkstatt eine Putzmaschine hat. Wenn die Ladenschelle oben schwach zu hören ist, weiß ich: Jetzt verlässt sie für kurze Zeit das Haus, um bei Bäcker Quintin acht Brötchen zu holen.

»Nicht so dunkle! Zwei für jeden.« Die Ladenschelle ist die

Vorwarnung. Bald muss ich aufstehen. Ich warte aber, bis meine Mutter mich von unten ruft.

Der Frühstückstisch ist schon gedeckt. Die Brötchen sind aufgeschnitten. Es gibt Rübenkraut und Apfelkraut, aber auch Marmelade und Quark. Wenn mein Onkel ein Schwein geschlachtet hat, liegen auch Blut- und Leberwurst auf dem Tisch. Dazu Schwarzbrot, Bäcker Quintins Spezialität. Es wird dünn mit Butter bestrichen, dann mit Rübenkraut, darauf die Wurst. Salzig und süß, das ist ganz selbstverständlich so. Das ist niederrheinisch. Wir reden ein bisschen beim Frühstück. Sie denkt an ihren Laden und die Schuhe zur Reparatur, die oft nach Schweiß riechen. Ich denke an die Fahrt mit der Kleinbahn nach Moers, in der immer etwas los ist, und an die Vokabeln für Latein.

Wenn ich das Haus verlasse, weckt sie meinen Bruder und meinen Vater. Bald wird sie die ersten Schuhe zur Reparatur annehmen, zwischen Laden und Werkstatt hin- und herlaufen und auch nach dem Essen auf dem Kohleherd in der Küche sehen. Wenn ich gegen halb drei wieder zu Hause bin, wird es für mich aufgewärmt. Eintopf gibt es meistens und am Freitag eine Suppe von Schweineknochen, die ich nicht besonders mag. Das Sonntagsessen gefällt mir. Dann hat sie mehr Zeit, auch für den Vanillepudding mit gehackten Mandeln.

All das war ein lieber Rhythmus für mich, vertraut und selbstverständlich. Das stärkte mir den Rücken und rüstete mich für die Welt draußen. Damals habe ich geglaubt, es würde immer so weitergehen. Ich habe damals noch nichts geahnt von den Dingen, die in ein Haus, in eine Familie einschlagen und alles verändern können. Von der Krankheit, die meinen Vater lähmte und langsam machte und sein Gesicht zur wächsernen Maske werden ließ. Von den Sorgenfalten meiner Mutter und dem nachlassenden Geschäft, das mit meinem Vater dahinsiechte. Ich habe damals nicht geahnt, dass sie einmal ganz allein in dem Haus sein würde, allein mit den Resten von Schuhcreme, Schürriemen und Einlegesohlen, nachdem mein Bruder und ich längst unsere eigene Bleibe gefunden hatten. Dass am Ende nicht mehr bleiben würde als das, was in ein Dutzend blaue Plastiksäcke passte. Und dass in das öde Haus andere Menschen einziehen und es auf ihre Weise verändern würden. Dass nichts mehr erinnern würde an den Schuhmacher mit seiner Frau und den beiden Kindern, an den Geruch von Leder und Gummi, an die Schweineknochensuppe am Freitag und an die Feste, die in dem winzigen Wohnzimmer oben mit Onkeln und Tanten gefeiert wurden.

Orsoyer Morgen

Wenn Quintin Schmitt morgens um fünf mürrisch seine ersten Brötchen backt, hat Heinrich Münster mit seinen Torten noch etwas Zeit. Die fünf oder sechs Orsoyer Männer, die auf der »Zellstoff« arbeiten, lassen sich von der Rheinfähre zum Walsumer Ufer bringen. Das dauert eine Zigarettenlänge. Fritz Oelinger, der Frühaufsteher und Schmied, bläst sein Feuer an und wird heute zwei oder drei Pferde beschlagen von den Bauern in Orsoy, Gehnen, Kuhlmann und den beiden Susmanns, nicht zu reden von den Bauern aus Pelden und Drießen. Die sind schon im Pferdestall gewesen und haben sich den scharfen Pferdegeruch durch die Nase ziehen lassen. Das gehört zum Wachwerden dazu.

Frau van de Linde, des Schuhmachers Frau, hat ihre kranken Beine schon gewickelt und die Schuhe für alle Mann geputzt, wenn sie sich für acht Brötchen auf den Weg macht, ein paar Häuser weiter zu Quintin Schmitt. Dort warten Berge noch warmer Brötchen auf die Kunden, immer dieselben.

Ein bisschen später wird die Stadt richtig wach. Frau Kleintjes schließt ihre Benzinzapfsäule auf und hustet in den neuen Tag. Gegenüber huscht die winzige Frau Busch, alt und faltig, die Häuserzeile der Egerstraße entlang, um die Morgeneinkäufe von Grete Voss zu erledigen, die nicht weg kann und bald ihren Laden mit edlen Krawatten und Seidentüchern öffnen wird. Konrad Fällgenträger, der früher Zigarren in eigener Rechnung drehte, wartet auf seine Morgenkunden, immer dieselben. Er raucht und seine Frau hustet, eine lange dürre Frau mit ständig heiserer Stimme und einem Schal um den Hals.

Franz Hauser ist in aller Frühe schon zur Molkerei nach Moers gefahren und hat Milch und Käse besorgt für den Tag. Er wird sich gleich aufmachen nach Drießen, Eversael und zum

Milchplatz mit ein paar Kannen Milch, tropfendem Quark und geschnittenem Käse in Pfund- und Halbpfundpaketen. Damit hat er seinen Kastenwagen beladen. Den Messbecher für die Milch darf er nicht vergessen, ohne den ist er aufgeschmissen. Derweil öffnet seine Frau den Laden auf der Rheinstraße, vor dem die Orsoyer Frauen mit ihren emaillierten Milchkannen warten und sich Orsoyer Neuigkeiten erzählen, bis sie an der Reihe sind.

Doktor Krehwinkel hat mit seinem Jagdhund schon eine Morgenrunde hinter sich und zieht sich um. Ein Blinddarm im evangelischen Krankenhaus wartet auf ihn. Morgen ist das katholische dran. Zwischendurch horcht er in seiner Praxis Asthmatiker und Kettenraucher ab, verbietet das Rauchen und den Schnaps, wahrscheinlich vergeblich. Er verschreibt Brillen, die der Optiker Hansen auf der Egerstraße nach seiner Verschreibung zusammenbaut. Wenn Dr. Krehwinkel seine Hausbesuche macht in Binsheim, Drießen oder Pelden bei den Bauern, entweder ganz früh am Tag oder ganz spät, dann gibt er auch Tipps, was zu machen ist, wenn eine Kuh Koliken hat, oder er verschreibt Salbe für kranke Pferdebeine.

Die Lebensmittelgeschäfte sind geöffnet, die Metzgereien, die Bäckereien, Orsoy kann sich versorgen für den Tag. Und wenn die Hausfrauen kreuz und quer durch die Stadt laufen, hat der Stadtausrufer Pitt Brecker sein Publikum. Durch seinen Mund kommt, was Stadtdirektor Knappmann den Orsoyern zu sagen hat. Das verkündet Pitt Brecker mindestens fünfmal an verschiedenen Plätzen der Stadt. Seine Stimme ist rostig und heiser, lautes Sprechen macht dem Stadtausrufer Mühe. Jede ausgerufene Mitteilung endet mit: »Der Stadderekter«, und dann ist er erleichtert.

Aldo Angeli, Orsoyer Italiener oder italienischer Orsoyer, wie man will, wird sich gleich aufmachen zu den Rheinwiesen. Die Drahtschlinge hat er schon zurechtgelegt. Damit zieht er

Kaninchen aus dem Bau. Die erhalten an Ort und Stelle einen tödlichen Schlag ins Genick und verschwinden in seinem Rucksack. Damit ist der Sonntagsbraten gesichert.

Noch sind die Kneipen geschlossen. Aber in eineinhalb Stunden wird man Leo quer über die Egerstraße gehen sehen, im weißen Oberhemd, mit aufgekrempelten Ärmeln. Dann hat er bei Bella Krause sein ausgiebiges Frühstück hinter sich und die Tageszeitung von vorne bis hinten gelesen. Bella Krause macht ihm das Frühstück, putzt zwischendurch seine Kneipe und bringt ihm sein Mittagessen. Die Kneipe im Schatten der Kirche muss die kleinste Kneipe der Welt sein, mit einer winzigen Theke, zwei Tischen, einem Ölbild vom Rhein bei Orsoy und einem Plattenspieler an der Wand direkt neben der Tür. Ab elf Uhr ist Leo in seiner Kneipe nicht mehr abkömmlich. Dann kommen die ersten Gäste, meist auf einen Schnaps oder zwei. Bauern aus der Umgebung, Rentner, der eine oder andere chronische Nichtstuer, aber auch Handwerker, die bei Leo ihre erste Pause machen.

Wenn um halb zwölf eine einsame Glocke vom Kirchturm läutet, wissen die Orsoyer, dass es einen von ihnen erwischt hat. Und die Frage »Wer ist denn tot?« macht die Runde. Man fragt so lange, bis man es weiß, und reibt sich in Gedanken die Hände, weil es einen selbst nicht getroffen hat. Es kommt vor, dass das »Überläuten« begleitet wird von einem Schallplattentango mit »vino« und »amore«, der aus Leos halb geöffnetem Kneipenfenster dringt. Wenn jemandem am Morgen schon nach Tango ist. Und wenn das Läuten vorbei ist und der Tango noch ein paar Takte hat, kann es passieren, dass einer für sich und die Lebenden an Leos Theke schnell eine Runde Schnaps bestellt. Man kann ja nie wissen …

Leo und Falstaff

Stecknadeln kannze fallen hören,
wenn Leo in Deklamierlaune is.
Wenn er auf einem Bein steht
und sich in Positur wirft
und auf die Gäste schaut
und Shakespeare zum Besten gibt,
am liebsten Falstaff,
Saufkumpan und Sanguiniker,
Frauenheld und Fresssack.
Der passte in Leos Kneipe,
vor oder hinter de Theke.
So oder so.
Leo mit Falstaff hinter de Theke
und Wachölderkes ausschenken,
den von gönn Sitt,
von der anderen Rheinseite.
So wie ich Leo und Falstaff kenne,
die würden sich erst selbst einen gönnen.
Und dann würde Falstaff sagen:
»Auf ein Bein kann man nich stehen,
in Orsoy schomma gar nich.«
Und dabei würde er Leo angucken,
so schräg von der Seite.
Leo würde das Pinneken hochhalten
und sich nichts anmerken lassen.
Nix, überhaupt nix.
Direkt in die Augen gucken
würde er dem Falstaff
und Prosit sagen:
»Heil dir, du verwandte Seele.«
Alle warten gespannt,

alle, die vor der Theke sitzen und Durst haben.
Aber Falstaff würde sich über den Bauch streichen
und erst noch en Wachölderken kippen.
Dann würde er Pinnekes auf die Theke stellen,
ein Dutzend und ein paar mehr,
auch eins für Alex Senden,
der das Spiel sonn bissken leid ist
und Durst hat zum Umfallen.
Und die Pinnekes wären voll,
alle überm Strich, hoch voll.
»Prost, Hal, mein Prinz«,
würde er sagen.
»Du königlicher Halbstarker.
Dass du lange lebest auf Erden
und dass dir der Wacholder niemals ausgehe.
Trinkt auf Prinz Hal.«
Und die Wachölderkes wären weg wie nix,
alle zur gleichen Zeit.
Dann schütteln sie sich,
Alex Senden und Jenna Pekel
und die anderen,
und gucken, wie viel noch drin ist
in der Flasche,
und freuen sich auf nächsten Samstag,
wenn Falstaff wieder mit hinter de Theke steht.
Vielleicht, weiß man ja nich.
Der bringt datt fertich.

Rübenkraut und Nikolaus

Sechs war ich, vielleicht sieben.
Und was den Nikolaus anging
in braver Furcht.
Stunden schon stand
ein riesiger Topf auf dem Herd.
Darin wurde Sirup dicker.
Quälend langsam.
Und immer wieder rühren.
Nach endlosem Köcheln und Brodeln
endlich Rübenkraut fürs ganze Jahr.
Bis Nikolaus kam im nächsten Jahr.
Ein Butterbrot ohne Rübenkraut.
Undenkbar eigentlich.
Zusammen mit Blutwurst oder Käse,
himmlisch wie Weihnachten.
Es war Nikolausabend.
Es roch muffig-süß.
Und der Nikolaus kam.
Tatsächlich.

Kommen Sie gut nach Hause

Ich stehe vor der Alt-Orsoyer Schenke.
Hier hat Hugo Pils gezapft,
auf Deubel komm raus, wenn die Jäger da waren
und die Strecke versoffen
und sich die Jagddönekes erzählten.
Einen Hasen nach dem anderen
haben sie versoffen.
Hasen gegen Pils.

Hugo Kersken hat das Spielchen mitgemacht,
und die Hasen türmten sich hinter der Theke.
Friedchen, Hugos Frau, wusste, was auf sie zukam:
große Kasserollen mit Hasenpfeffer, niederrheinisch,
in dunkler Soße mit Rübenkraut
und Berge von Rotkohl mit Äpfeln.
Das landete dann auf der Speisekarte.
Und von überall her kamen die Leute,
aus Moers und Homberg
und vonne gönnt Sitt,
von der anderen Seite des Rheins,
wo die Hasen wohl nicht so zahlreich waren.
Wenn dann noch Aal in Gelee oder gebraten
auf der Karte war,
dann sprach sich das rum in null Komma nix.
Und Hugo konnte mit dem Pilszapfen kaum nachkommen.
Dann rückte er immer an seiner Brille zwischen dem Zapfen
und die Zigarre wanderte von einem Mundwinkel zum anderen
und wieder zurück.
Ohne eine Hand zu gebrauchen.

Wenn dann die Herrschaften satt waren und gingen,
ließ Hugo alles stehen und liegen
und stellte sich neben die Theke
und stand stramm und verbeugte sich
und sagte:»Kommen Sie gut nach Hause.
Grüßen Sie auch Ihren Hasso.«
Der letzte Satz war für die Hundebesitzer.
Stil hatte das noch und Form.
Das findet man doch gar nicht mehr,
auch damals nicht überall.
Vielleicht kamen die Leute gerade deswegen.
Deswegen und wegen Hasenpfeffer und Aal in Gelee.

Als Hugo älter wurde,
so über die siebzig.
Als das Rheuma ihn kleiner machte
und die Finger krumm
und er so ein bisschen an sein Ende dachte,
da fing er an Biermarken auszugeben,
Anzahl nach Höhe der Zeche.
Für die Nachfeier,
aber für den schönen Schaum auf dem Pils
könne er dann nicht mehr garantieren,
sagte er.
Das mit den Biermarken sprach sich rum
und der Stammtisch war immer voll.

Aber der mit den meisten Biermarken in der Tasche,
der schon von der Nachfeier mit Freibier und Korn
geträumt hatte nach Hugos Beerdigung,
den hat der Herrgott noch vor Hugo geholt,
mit vielen Biermarken in der Tasche.
Da nimmt der Herr keine Rücksicht.

Ob mit oder ohne Biermarken in der Tasche.
Da kennt er kein Pardon.
Und sollte oben im Himmel eine Jagdgesellschaft
mal nach Pils rufen und Hasenpfeffer oder Aal in Gelee,
dann würde Hugo nicht lange fackeln
und zapfen und servieren, was das Zeug hält,
wie in alten Tagen.
Und mit Grandezza würde er die Gäste verabschieden:
»Kommen Sie gut nach Hause
und grüßen Sie Ihren Hund,
wenn's kein Höllenhund ist.«
Grinsen würde er dabei und sich leicht verbeugen,
wie damals.

Zwischen den Jahren

Nicht mehr vor Weihnachten,
auf keinen Fall.
Zwischen den Jahren können Sie noch mal nachfragen,
entschied mein Vater,
wenn er sich gegen drängende Schuhreparaturen zur Wehr
setzen musste.
Aber meistens sagte das meine Mutter,
im Auftrag natürlich.
»Mein Mann sagt: nicht mehr vor Weihnachten.
Fragen Sie zwischen den Jahren noch mal nach.
Aber auch das kann er nicht versprechen.«

Zwischen den Jahren, das ist so eine Nicht-Zeit,
die gibt's gar nicht richtig,
ist ja auch Blödsinn, eigentlich.
Sagt man einfach so.
Obwohl, da fand auch was statt.
Da gab es die eingelegten Bratheringe,
die von Weihnachten noch übrig waren.
Und es wurden Berge von Bullebäuskes gebacken.
Bullebäuskes, der Name sagt alles
und hält, was er verspricht.
Bullebäuskes sagen nur die Orsoyer
und die, die so drum rum wohnen.

Zwischen den Jahren ging es an die Bullebäuskes,
aus Hefeteig.
Der geht dann so richtig auf.
»Schwimmend werden die Bullebäuskes ausgebacken«,
sagte meine Mutter immer.
»In heißem Öl.«

In einem glühend heißen Topf auf dem Küchenherd.
Das war wie Bleigießen zu Silvester.
Verrückte Sachen kamen dabei heraus:
kugelige Körper mit Auswüchsen, Armen und Tentakeln.
Dann wurden die Bullebäuskes in Zucker gewälzt.
Da durfte nix abbrechen.
Auch nachher nicht, wenn sie fertig waren.
Das hätten wir gerne getan,
so ein bisschen was abgebrochen,
das war besonders lecker.
»Untersteht euch und brecht von den Bullebäuskes was ab.
Die kann man dann nicht mehr auf den Tisch stellen,
wenn Tandina und Onkel Hermann kommen und Opa von
Binsheim, Neujahrs nachmittags.«
»Untersteht euch.«

Erinnerung an ein Haus

Orsoy, Egerstraße vier.
Allein noch wohnt sie dort,
alt und krumm jetzt,
hält fest an dem Haus,
das voller Leben war, damals.
Als der Herr des Hauses
hier Schuhe reparierte,
Schuhe baute,
Maß nahm
an Füßen, die man ihm hinhielt.
Und der Geruch neuer Schuhe
vorne im Laden.
Wo sie hinkniete vor Kunden
und ihnen half,
hineinzuschlüpfen in die Schuhe.

Tagaus, tagein.
Der lange Weg zur Werkstatt
und zurück.
Am Tag hundertmal.
dazwischen das Kochen für hastige Mittagessen,
durch die Ladenklingel gestört,
Dutzende Mal.
Dazwischen die Kinder,
angepasst an den Puls der Arbeit
in Laden und Werkstatt.
Dazwischen der Sonntag.
Ein bisschen Ruhe.
Mehr Zeit fürs Kochen:
Suppe vom Ochsenschwanz,
Selleriesalat,

Vanillepudding mit gehackten Mandeln,
ausgekühlt am Fenster zum Hof.

In dem Zimmerchen oben
nach hinten raus
manchmal auch Feste
mit Bier und halben Brötchen,
Kartoffelsalat und Bockwurst,
Gürkchen und Scheiben Ei.
Mit Onkel Wilhelm,
der nie nach Hause wollte.
Mit Tante Dina,
die über dem Likörchen einschlief,
Danziger Goldwasser und Wiener Kaffee.
Mit Onkel Hermann,
der nach drei Körnchen kicherte
und Natron verlangte gegen Sodbrennen.
Nach Mitternacht erst
gingen sie die steile Treppe hinab.
Noch einmal ein bisschen Lärm,
und das Haus kam zur Ruhe.

Alles ein lieber Rhythmus
von Laut und Leise, Nüchtern und Trunken,
Wachsein und Schlafen,
von Leben und Last.
Heute atmet das Haus schwer,
erhält dann und wann
flüchtige Gäste
wie zu einem Krankenbesuch.
Und sie,
sie hält fest an dem Haus
wie eine Blinde an ihrem weißen Stock.

Bis Drießen und zurück

Wer höher hinauswill beim Spazierengehen,
geht bis Drießen und zurück
auf dem Rheindeich.
Immer geradeaus,
schnurgerade
zwischen Disteln und Kuhfladen.

Auf der einen Seite die Kühe,
stumpf-dösig mit Unschuldsgesicht,
schwarz-weiß auf grünem Grund.
Auf der anderen Seite der Rhein
und Schiffe, die es eilig haben
und sich einen Dreck um uns kümmern.
Auch die Kühe kümmern sich nicht.
Ja gut, da guckt schon mal eine
und mustert uns von oben bis unten
und schüttelt den Kopf und frisst weiter.
Vom Schiff winken Flaggen und Wäsche:
in Weiß, Rosa und Hellblau.
Wäscheleinen auf großer Fahrt.

Und wir zwischen Kühen und Kähnen.
Zwei Filme zur gleichen Zeit.
Bis zu Neys Wiese.
Dann drehen wir um und gehen zurück.
Die Kühe liegen jetzt,
dick und selbstverständlich,
und kauen unendliches Gras
und kümmern sich einen Dreck um uns
und die Schiffe auf dem grauen Rhein
mit Wäsche auf der Leine:

in Weiß, Rosa und Hellblau.
Und wenn wir bei der Rheinwerft
deichabwärts nach Hause gehen,
ist das so, als ob nix gewesen wäre
für die Kühe und die Schiffer mit ihren Frauen
und ihrer Wäsche,
die wieder winkt nächsten Sonntag.

Orsoy schwarz-weiß und farbig

Ich denke an Orsoy
und weiß nicht,
wo ich anfangen soll.
Die Gedanken muss ich sortieren,
was gar nicht so einfach ist.
Bilder drängen sich auf,
alle auf einmal.
Manche schwarz-weiß,
andere in Farbe,
wie in den Träumen,
mal so, mal so.

Schwarz-weiß wie im Fernsehen damals,
als Peter Frankenfeld zu sehen war
in seiner Jacke mit den großen Karos,
schwarz und weiß.
Als bei Liesefeld im Alten Fährhaus
der einzige Fernseher stand weit und breit.
Als die Orsoyer am Samstagabend
alles stehen und liegen ließen
und sich vor Liesefelds Fernseher setzten,
auf die großen Karos guckten
und Pils und Schnaps dabei tranken.
Und wenn die Sendung längst zu Ende war,
noch über Frankenfeld und seine Witze lachten
und die großen Karos noch im Kopf hatten,
wo sie sich dann drehten
nach dem soundsovielten Schnaps
und durcheinanderwirbelten
und an diesem Abend jedenfalls
nicht mehr auf die Reihe kamen.

Schwarz-weiße Zeiten waren das damals.
Aber nicht ohne Spaß und Freude.
Die Kellnerin im schwarzen Rock,
und weiß der Rest,
blütenweiß das Kellnerinnenschürzchen
mit der Kräuselkante,
das sie immer hochwarf, kühn und gekonnt,
wenn sie an die Geldtasche wollte.
Weiß der gestärkte Kittel
von Theo Imgrund, dem Drogisten.
Schneeweiß. Und schwarz die Lakritze,
die man bei ihm stückweise kaufen konnte.
Natürlich auch Melissengeist
und weiße Salbe gegen unreine Haut.
Die Schwarz-Weiß-Fotos sechs mal neun,
die kamen auch von Theo Imgrund.
Aus seinem Fotolabor im Schuppen
hinten im Hof.

Das waren die schwarz-weißen Zeiten damals.
Wer zur Konfirmation ging,
trug schwarz-weiß, nix anderes.
Schwarzen Anzug und weißes Hemd.
Heute schon mal umgekehrt.
Aber damals nicht.
Da wäre man vielleicht sogar,
ich denk mal so,
von der Konfirmation ausgeschlossen worden.
Also weißes Hemd und schwarzer Anzug,
vielleicht noch ein ganz tiefes Dunkelblau,
fast schwarz.
Da musste man schon genau hingucken.

Die Zeiten waren ja nicht rosig.
Wer älter war, so über die sechzig,
trug schwarz oder gräulich,
ob Mann oder Frau.
Da musste man nicht groß aussuchen.
Auch die Schuhe waren schwarz
in unserem Schaufenster,
ja gut, auch ein paar braune darunter
und weiße Pumps für die Damen oder Leinensandaletten.
Die konnte man wieder auf Vordermann bringen
mit flüssigem Weiß,
auch bei uns zu haben.

Aber grün war das Orsoyer Schützenfest,
Hut an Hut, alles grün,
auch die Jacken von denen,
die etwas zu sagen hatten beim Schützenfest.
Da kam schon ein bisschen Farbe auf.
Und bei Münster am Eisstand vor der Tür
konnte man jetzt auch Erdbeereis kriegen.
Das sprach sich rum wie nix.
So langsam kam Farbe auf.
Als eines Tages Mary Lächner vom Hotel Germania,
die früher Balletttänzerin war,
in Imgrunds Drogerie einen Lippenstift entdeckte,
so dunkelrosa, sag ich mal,
fast die Farbe von Münsters Erdbeereis,
da rannten die Orsoyer Damen Theo die Türe ein.
Da war endlich Farbe in Orsoy angekommen.

Oppa Dinslaken

An Tränensäcke unter nassen Augen
erinnere ich mich
und geräuschvolles Atmen.
Das Asthma schnürte ihn ein,
und fast immer sah ich ihn,
wie er sich mit Ballon und Gummischlauch
Flüssiges in die Nasenlöcher spritzte.
Das brachte ihm Erleichterung,
aber nur kurz.
Seine Worte kamen mühsam,
die Sätze zerhackt durch Husten.
Und immer wieder musste er eine Pause machen
und Luft schöpfen für den nächsten Satz.

Und er benutzte ein Wort,
das ich selten wieder gehört habe:
karambolieren.
Wenn mein Vater und ich ihn besuchten
auf der anderen Rheinseite,
wo er sich selbst versorgte,
nachdem Oma gestorben war
am Geburtstag meines Vaters,
tot umgefallen auf dem Weg zu ihm,
dann ermahnte er meinen Vater
und sagte: »Karambolier nicht!«

Einem Auto traute er nicht,
hatte nie eins besessen,
nie eins gefahren.
Er war über das Fahrrad nicht hinausgekommen.
Endlos weit ging er zu Fuß.

Und wenn wir abfuhren
in dem rot-weißen Lloyd Kombi,
dann rief er hinter uns her:
»Und nicht karambolieren!«

Die Familie war groß
und er machte sie satt.
Hatte Arbeit nie gescheut.
Hatte mit Besen gehandelt,
mit Ziegen und Schafen,
und war zuletzt bei der Eisenbahn.
Hatte Schotter geschippt und Schwellen geölt.

Wenn mein Vater
von Opas Besenzeit erzählte,
dann sah ich Opa Gerhard wie in einem Film:
wie er mit seiner hölzernen Schubkarre
die Straße bis zur Fähre fuhr,
immer geradeaus bis zum Rhein,
dann mit der Fähre übersetzte
und den Fährweg nahm nach Orsoy hinein.
Da muss er eine Pause gemacht,
die Schubkarre abgesetzt haben
hinterm Kuhtor bei Hugo Kersken
in der Alt-Orsoyer Schenke,
die damals noch »Zur Friedenseiche« hieß.
Zwei Korn wird er getrunken haben,
so eine Stunde vor Mittag,
Sprit fürs Weitergehen.

In die Hände hat er gespuckt
und bis zum Abend durchgehalten
mit seinem Gefährt.

Nach der halben Wegstrecke
hat er sich eingebildet,
jetzt ziehe die Schubkarre ihn.
Ausgleichende Gerechtigkeit.
Mit dem Abendläuten
ist er auf der Bönninghardt angekommen,
auf der Heide,
stolz wie Oskar.

Es wurde nie erzählt,
aber ein Zimmer für die Nacht
muss er gehabt haben.
Oder er hat vielleicht auf seiner Karre geschlafen,
auf Heu oder Stroh
in der Scheune von irgendwem
oder, wer weiß, in einer ruhigen Ecke irgendwo anders.
Hätte ich Oppa Dinslaken zugetraut,
der ein Draußenmensch war
und Weltkrieg eins überlebt hatte.

Die Schubkarre hat er vollgeladen
am nächsten Morgen,
hoch voll mit Heidebesen, noch ohne Stiel.
Und alles festgezurrt mit Tau.
Und dann ging's los.
Über Alpen nach Rheinberg.
In der Kneipe am Markt
ist er eingekehrt, vielleicht,
die Karre mit dem Besenberg im Auge.
Einen Schnaps und ein Bier hat er getrunken
und sich Eintopf bestellt mit zwei Mettwürstchen.
Den Mund hat er sich abgewischt
und in die Hände gespuckt.

Und als er wieder Pause machte
bei Hugo in Orsoy,
da war Zuhause nicht mehr weit
und das allein schon einen Schnaps wert,
oder zwei.
Dann schwankte er mit dem Besenberg
wieder über den Rhein
und dann die lange Straße hinunter,
bis er zu Hause war.
Und vier Wochen später sagte Hugo, der Wirt:
»Da isser ja wieder, kannze de Uhr nach stellen.«

Blaues Sofa auf grünem Grund

Dies war mein Joggingtag. Zum ersten Mal in diesem Jahr mit kurzer Hose. Ein Maitag mit Morgensonne und angenehmer Temperatur. Ich machte mich auf und zeichnete im Kopf meinen Kurs für heute, war ganz damit beschäftigt, als mich an der nächsten Ecke ein blaues Sofa aus meinen Gedanken riss. Ja, da stand ein blaues Ledersofa in der Morgensonne, breit und ausladend vor dem Haus eines Nachbarn, so selbstverständlich, als gehöre es zu Haus und Vorgarten dazu. Weiter nichts, nur dieses nackte, stahlblau glänzende Sitzmöbel in Leder, blau auf grün, eine farbliche Provokation. Dieses unerwartete Ensemble würde ich fotografieren, später nach meiner Joggingrunde, dachte ich mir.

Doch zunächst nahm ich das Bild des Sofas mit auf den Sandweg längs der Niers. Gedanken kamen. Hatten die Nachbarn ihr Wohnzimmer nach draußen erweitert? Hatten sie in einladender Absicht die Sitzgelegenheit nach draußen gestellt? Wollten sie, dass man Platz nahm auf dem Sofa, dass sich Menschen mit ein bisschen Zeit zu anderen Menschen mit Zeit gesellen können?

Vor Jahren hatte ich einmal unter Nachbarn den Vorschlag verbreitet, mitten auf dem asphaltierten Wendehammer in unserer Siedlung einen Baum zu pflanzen, umgeben von einer stabilen Holzbank, auf der Nachbarn beieinandersitzen könnten, um zu reden, Gartentipps auszutauschen, vielleicht eine Flasche Bier zu trinken. Wir würden miteinander das Wachsen des Baums von Jahr zu Jahr erleben, mit dem Baum älter werden. Wir würden irgendwann von seinem Schatten im Sommer profitieren. Zu groß war die Skepsis damals gewesen. Ich hatte nur wenige begeistern können. Den Müllwagen hielt man mir entgegen und die großen Schwierigkeiten beim Rangieren, auch das Laub im Herbst sei zu bedenken. An die damalige Enttäuschung dachte ich, aber das war Jahre her.

Dann drängten sich andere Bilder auf, während ich lief, meine Füße den Sandweg abspulten. Bilder aus meiner Heimatstadt Orsoy. Aus der Zeit, als ich zehn oder elf Jahre alt war. Das war die Zeit, als unser Land noch fast fernsehlos war, von virtuellen Vernetzungen und Chatrooms ganz zu schweigen. In der Zeit, Anfang der Fünfzigerjahre, brachten unsere Nachbarn, die nebenan eine Drogerie führten, an warmen Sommerabenden ihre Stühle nach vorn auf den Bürgersteig und reihten sie vor dem Schaufenster auf: sechs Stühle für das Drogistenehepaar und die vier Kinder, und für jeden ein Stuhlkissen. Dort richtete sich die Familie für den Abend bis zur Dämmerung ein.

Die Straße war die Bühne, auf der sich die Menschen der kleinen Stadt bewegten und aufhielten, sich mit »Naamd« oder »Naamdzam« grüßten, auch mehr Worte fallen ließen, oft stehen blieben und eine Unterhaltung anfingen. Und weil jeder jeden kannte, war ein Gesprächsthema rasch zur Hand. Das war ein Geben und Nehmen von Informationen, lokale Belange meistens, aber auch Dinge über die Grenzen des Ortes hinaus. In der schmalen Rosenstraße am Stadtrand, wo in engen Häusern die Fabrik- und Zechenarbeiter mit ihren großen Familien wohnten, war das sommerabendliche Sitzen vor der Haustür noch mehr verbreitet als an den vier Hauptstraßen. Hier fuhr kaum ein Auto durch und man war unter sich. Da saßen dann oft drei Generationen beieinander. Die ganze Straße ein schmales, langes Festzelt. Die Dialoge flogen hin und her: zu den Nachbarn gegenüber, nach links und rechts oder diagonal. In rasantem Zickzack durchlief eine Nachricht die Rosenstraße von einem zum anderen Ende.

In der Rosenstraße wohnten auch zwei Zechenkumpel, die Akkordeon spielten, ohne Noten, aber virtuos. Die holten manchmal ihre Instrumente nach draußen und spielten auf Zuruf, Tango oder Volkslied, Schlager oder Schunkelwalzer. Man sang zur Melodie und die Textfetzen rissen die anderen mit.

Blaues Sofa auf grünem Grund, Foto Heinz van de Linde, 2009

Das ist gut fünfzig Jahre her. Damals schien das alles so selbstverständlich, als hielte es ewig. Die Fernseher waren auf wenige Kneipen beschränkt. Wer am Samstagabend Peter Frankenfeld mit seiner groß karierten Jacke sehen wollte, der ging in das »Alte Fährhaus« oder in den »Rheingarten«. Es dauerte nicht lange, dann zogen immer mehr Fernseher in die Haushalte ein, und immer weniger Menschen im Ort setzten sich an lauen Sommerabenden vor die Tür, um sich den ebenfalls draußen Sitzenden oder Passanten zum Gespräch anzubieten. Autos machten die Menschen mobil. Nun konnten sie abends bequem wegfahren und sich in der zehn Kilometer entfernten Kreisstadt oder sonst wo vergnügen.

An all das erinnerte mich das blaue Sofa, die Bilder von damals waren ganz lebhaft da. Ich war ohne Plan gelaufen, mehr beschäftigt mit den alten Bildern als mit der Joggingstrecke. Nach einer knappen Stunde kam ich wieder an dem blauen Sofa vorbei. Heute Abend würde ich darauf Platz nehmen, mich in eine Ecke setzen und darauf warten, dass andere sich dazusetzten und das Sofa füllten. Und ich würde so tun, als ob das alles etwas ganz Normales sei.

Doch am Abend war das blaue Sofa weg. Das Sperrmüllauto sei inzwischen da gewesen, hörte ich, und die Männer hätten große Mühe mit dem sperrigen Ding gehabt. Ich hätte es wissen müssen.

»Ich suche den häuslichen Frieden.«

Alle kannten ihn in der kleinen Stadt.
Und er kannte alle.
Ein außerhäusiger Mensch,
nicht, was seine Frau »häuslich« nennen würde.
Er spielte Fußball bei den »alten Herren«.
Und spuckte nicht ins Glas
nach dem Spiel.
Auch sonst nicht.
Ein Kerl wie ein Baum.
Mit Händen wie Pranken,
die Kohlen schaufelten Tag für Tag.
Er half dem Metzger beim Schlachten,
so dann und wann.
Oft genug hing der Haussegen schief.
Und alle glaubten:
Das steckt der so weg.
Mit den dicken Schwielen auf Prankenhänden.
Doch eines Tages sah seine Frau, wie er Schubladen aufriss zu
Hause,
in der Küche, im Wohnzimmer, im Schlafzimmer.
Eine Schublade nach der anderen.
»Was machst du da?«, fragte seine Frau.
»Ich suche den häuslichen Frieden«, sagte er.

Was ich Orsoy wünsche zum neuen Jahr und darüber hinaus

Ich wünsche mir, dass »Orsoy« von den Menschen draußen endlich richtig ausgesprochen wird, nämlich »Orsau«, und dass sich keiner dieser Aussprache schämt oder sich dabei auf die Zunge beißt. Dass »Reet« wiederentdeckt wird als kürzestmögliche Art für:»Du kannst mich mal!« Das einsilbige »Reet« schlägt einfach alle anderen Varianten.

In Orsoy, im engeren Orsoy zwischen den Stadtmauern und Wällen, sollte wieder etwas hergestellt werden, etwas aus früherer Tradition: Bier vielleicht, in einer Hausbrauerei im Grutviertel, in dem, historisch belegt, die Fuselbrenner und Bierbrauer ihre Produktionsstätten hatten. Es ist mein Wunsch, dass das kleine, kompakte, übersichtliche Orsoy wiederentdeckt wird als Ort für kleine Läden oder Werkstätten. Dass ein Goldschmied auf die Idee käme, in Orsoy Schmuck nach individuellen Kundenwünschen anzufertigen, und dass er sich dabei von draußen auf die Finger gucken ließe.

Das wünsche ich mir.

Dass vielleicht ein Instrumentenbauer auf die gar nicht so verrückte Idee käme, in Orsoy Violinen oder Lauten oder gar Harfen anzufertigen und zu reparieren. Oder dass es einen Marzipanmacher nach Orsoy verschlüge, der sich einen Namen machte für besondere Kreationen aus der süßen Masse. Für Ausgefallenes in Marzipan wäre Orsoy dann die richtige Adresse.

Der unverzichtbare Plattenkuchen mit Septemberzwetschgen zum Orsoyer Schützenfest sollte den Zusatz bekommen:»nach alter Orsoyer Art«. Und das sollte man sich dann patentieren lassen.

Überhaupt wünsche ich mir, dass der Name »Orsoy« wieder richtig unter die Leute kommt, weit über die Stadtmauern hinaus. Dazu wäre mir (fast) jedes Mittel recht. Ich wünsche mir eine Stelle in Orsoy, an der die reichhaltige Geschichte aufbewahrt wird. Ich wünsche mir Orsoyer, die stolz auf die Geschichte ihrer kleinen Festungsstadt sind und mit erhobenem Haupt durch die Hauptstraßen Orsoys gehen, nicht nur zum Schützenfest. Die stolz sind, dass sie dort wohnen, in dieser umkämpften Exklave des Herzogtums Kleve. Sein südlichster Zipfel, vom Klever Herzog gehütet und geschätzt. Oft genug hat er im Orsoyer Schloss gewohnt. Gegen die Grafschaft Moers und das kurkölnische Rheinberg haben sich die Orsoyer wehren müssen und das auch erfolgreich getan.

Ich wünsche mir, dass die beiden alten Friedhöfe auf den Bollwerken gesehen werden als Orte des Stadtgedächtnisses und -gedenkens. Dass die Gräber der Großen in Orsoy unter Schutz gestellt und samt ihren Grabsteinen erhalten werden.

Ich wünsche mir, dass Orsoy nicht zum chronisch Kranken wird, zu einem bettlägrigen Patienten, der durch seine Tage dämmert. Ich wünsche mir ein genesendes Orsoy mit Aussicht auf Überleben in Gesundheit und Vitalität. Ein Orsoy, das besucht, begangen und beguckt wird. Mit Stadtführern, die diese Stadt und ihre Geschichte erleb- und erfassbar machen.

Kneipenwirte wünsche ich mir, die als Wirte über sich hinauswachsen. Ich denke an Wirte des Schlages von Hugo Kersken, der formvollendet seine Gäste bewirtete und verabschiedete: »Danke für Ihren Besuch und kommen Sie gut nach Hause.« Dabei knickte er in der Körpermitte leicht ein, gekonnte Pose. Ich denke an Leo Hoorens, der zuerst Sparkassenangestellter war, bevor er die Kneipe von seiner Mutter übernahm, und dann Wirt wurde. Der einmal in der Woche zum Theater fuhr und sich Shakespeare-Stücke ansah. Der dann wieder hinter seinen Tresen zurückkehrte und ganze Passagen rezitierte und Szenen nachspielte vor der Kulisse des Büfetts mit den Schnapsflaschen und Gläsern.

Dass Orsoy doch wieder Originale haben möge! Originale mit Echtheitsstempel. Die sich selbst und andere nicht so ernst und wichtig nehmen. Die von sich absehen und andere unterhalten können, Schauspieler mit Orsoyer Imprägnierung. Die Orsoyer Straßen, Plätze und Kneipen zu ihrer Bühne machen. Wie Jakob Winschuh, der nach einem Dutzend Gläser Bier fließend Italienisch sprach, oder Alex Senden, der das Schnapspinnchen zwischen Zeige- und Mittelfinger einklemmte und den Orsoyern von Arosa vorschwärmte, es gäbe nichts Besseres gegen Asthma.

Ich wünsche mir schließlich, dass Orsoy als Geschenk verpackt wird von einem Verpackungskünstler. Orsoy in Geschenkpapier eingepackt mit allem, was drinsteckt. Und wenn es eingepackt ist, sollte es mit einer weiß-grünen Schleife versehen werden. So verpackt soll Orsoy in einem feierlichen Akt den Orsoyern als Geschenk erneut überreicht werden, all denen, die es gut meinen mit dieser kleinen Stadt. Damit sie alle wissen und es allen wieder klar wird, was sie eigentlich an Orsoy haben.

Das wünsche ich mir.

Kies und Krüge

Im Sommer machte der »Rheingarten« seinem Namen alle
Ehre.
Die Kneipe, wo der »Deutsche« hinter der Theke stand.
Kerzengerade.
Der nicht zu viel sagte.
Der die Männer auf der Lügenbank versorgte
mit Schnaps und Bier
und sich die Geschichten anhörte,
viele erstunken und erlogen.
Aber gern gehört
und mit Beifall quittiert
von den anderen,
die an der Theke standen.

Im Sommer fand der »Rheingarten« auch draußen statt.
Oben auf dem Rheindeich.
Besonders an Sommersonntagen.
Dann saßen die Leute dicht an dicht
auf Lattenstühlen an wackligen Tischen
und bestellten Bier in Steinkrügen
und ein bisschen was zu essen dazu.
Kartoffelsalat mit Würstchen
oder Russisch Ei, so als Unterlage.
Damit man einen Krug mehr trinken konnte.

An Sommersonntagen zog der »Deutsche«
nach oben auf den Deich.
Dann wurde gezapft
auf Deubel komm raus,
ein Krug nach dem anderen.
Und Alfred, der Kellner mit Atemnot,

und andere mit starken Armen,
die schleppten die Tabletts mit den Krügen,
schwer wie Blei,
und brachten sie an die Tische,
wo die Durstigen saßen
unter dem Schirm der Platanen
und es sich gut gehen ließen.
Die den Rhein an sich vorbeifließen sahen
in Richtung Holland
und die Schiffe, die vorbeituckerten,
den Rhein rauf und runter.
Manchmal winkte ein Schiffer
und die Biertrinker winkten zurück
und schwenkten den Krug
und riefen: »Prost!«
Und lachten so laut,
dass der Schiffer es hörte.

Da war was los
auf dem Deich.
Oft bis abends,
wenn die Sonne unterging.
Und die Kellner müde waren
vom Kies unter ihren Füßen
und vom Schleppen der Krüge.
Und einen Mordsdurst hatten.
Dann endlich gab es Bier
für die Kellner und alle,
die geholfen hatten,
und noch einen Schnaps obendrauf
oder zwei.
Und Hermann, der »Deutsche«,
trank mit.

Und Theo vom Männergesangverein,
der Berge von Krügen geschleppt hatte,
volle und leere,
sang in die Runde:
»Warum ist es am Rhein so schön?«
Und alle fielen ein in den Gesang
und freuten sich auf nächsten Sonntag.

Unter Dampf

»Wenn die Nas zu sitzt,
musse über Kamillen.«
Wenn meine Mutter das sagte,
wusste ich, was mir blühte.
Tortur zweiten Grades, mindestens.
Nichts war schlimmer.
Kerker für gefühlte zwei Stunden.
Aber meine Mutter ließ nicht locker
und schwor drauf:
»Nix geht über Kamillen,
wenn die Nas zu sitzt.«
Und ab ging es unter das Handtuch
und über den Dampf,
der die Nas wieder gängig machte.

Jeden Winter das Gleiche.
Und im Sommer Kamillen suchen
an den Feldrändern,
wo es genauso roch
wie im Winter unter dem Handtuch.
Das Schlafzimmer kalt
und an den Scheiben morgens die Eisblumen,
die heute praktisch ausgestorben sind.
Und nachts gab es den Tonkrug fürs Bett,
am Fußende,
mit heißem Wasser.
Wo vorher Steinhäger drin war,
der Schnaps für Schuster
und andere aufrechte Männer.

Und bei Halsschmerzen und dicken Mandeln
mussten wir Kinder unsere Strümpfe
um den Hals legen,
die noch warm waren vom Tragen,
mit dem Schweiß vom Tag.
Und Mutter sagte:
»Die Halsschmerzen ziehen in die Strümpfe.«
Am nächsten Morgen warfen wir die Strümpfe weit weg
und waren die Halsschmerzen los.
Wenn alles nichts half,
gab es immer noch Doktor Kräh.
Aber nur für den äußersten Fall.

Friedhofsfrauen

Da stehen sie, grau, Friedhofsfrauen,
ein Haarnetz hält lichtes Haar,
am Brunnen, der Wasser spendet
zum Transport in Zinkkannen.

Da reden sie über Männer da unten,
die sie begruben vor Jahren
und bepflanzten mit Buchsbaum
und winterhart mit Caluna vulgaris
und Narzissen zur Blüte im Frühling.

Da liegen die Männer, posthum dekoriert,
die im Leben die Frauen betrogen
mit nächtlichen Stunden im Wirtshaus,
beim Zechen und endlosen Reden.

Da harken sie, die Friedhofsfrauen,
die Gräber der Männer glatt.
Wieder und immer wieder.
Sie erlauben nicht Laub, nicht verirrtes Blatt.
Und manchmal knien sie nieder.

Oppa Binsheim

Als er bei einem schlimmen Rheinhochwasser
mit seinem Kahn kenterte, fast ertrunken wäre,
da sei er grau geworden,
so hieß es,
von jetzt auf gleich.
Später schlohweiß.
So kannte ich ihn.
In der Holzbaracke,
ein Zimmer hinter dem anderen
und vorne der kleine Laden
für Lebensmittel und Holzschuhe und karierte Hemden,
die die Bauern kauften,
und Himbeerbonbons für die Kinder,
die zahlreich waren in Binsheim,
die in Opas Bonbongläsern
ihre lang gezogenen Gesichter beguckten
und sich für zehn Pfennig eine Bonbonmischung kauften
von ihrem Taschengeld.

Zwei Frauen waren Opa schon weggestorben
und er hatte noch mal ganz neu angefangen
nach dem kleinen Bauernhof
mit fünf Kindern,
mit drei Kühen und doppelt so vielen Schweinen.
Mit der Obstwiese,
die ganz viele Pflaumenbäume hatte.
Jahrzehnte hatte er im Kirchenrat gesessen
und oft war der Pastor zu Besuch,
und wenn er ging,
steckte ein Dutzend Eier in seiner Tasche
von den plustrigen Hühnern,
so evangelisch wie Oppa.

Sonntags-Fußball

Sonntagnachmittags ging man raus
vor die Stadt,
die Männer sowieso,
und die, die welche werden wollten,
aber auch ein paar Frauen.
Das Sonntagnachmittagsspektakel:
die Grün-Weißen mit den Fans
in der Nordkurve hauptsächlich,
aber auch woanders.
Da, wo man sich vor dem Bezahlen drücken konnte.
Und die, die nicht bezahlt hatten,
schrien am lautesten
und schimpften
am meisten über den Schiedsrichter.

Die Kreisbahn

Verbindung nach draußen,
nach Rheinberg und Moers,
zu einer Welt jenseits der Stadtmauern.
Der Kreisbahnhof:
ein Schalterbeamter
für Fahrkarten und Bahnpakete,
ein Wartesaal mit Kneipe,
Hennes Adelmann, der Wirt,
und seine Frau,
die immer gut drauf war,
die ein Auge zukniff,
wenn Hennes im Keller verschwand,
wo er seinen privaten Schnaps hatte,
und sich einen genehmigte
und oben wieder auftauchte,
fröhlicher als vorher.
Das merkte man.

Manche kamen nur wegen der Kneipe.
Die meisten aber wollten mit dem Zug
nach Moers oder Rheinberg
oder irgendwo dazwischen,
nach Meerbeck vielleicht,
wo die Kohlenzeche war
gegenüber dem Bahnhof.
Oder nach Eversael,
wo der Bahnhof weit weg lag,
zwei Kilometer vom Dorf.
Felder drum herum und Wiesen.
Mit klitzekleiner Kneipe
und einem Wirt, der Kölsch sprach

und selbst gerne Bier trank
und Tauben hatte
im Bahnhof unterm Dach.
Der liebend gern erzählte,
wie er den Täubchen den Hals umdrehte
und sie rupfte und fertig machte
für die Pfanne oder den Topf.
Der auf Tauben schwor als Medizin.
Da kämen keine Pillen mit
oder heiße Umschläge.
So etwas wie Medizin für alle Fälle.
Die Ärzte könne man sowieso vergessen.
Die hätten ja keine Ahnung.
Die könnten ihm gestohlen bleiben.

Der Orsoyer Bahnbahnhof etwas Besonderes.
Der lag im goldenen Schnitt
der Strecke zwischen Rheinberg und Moers,
die durch puren Niederrhein führte.
Mit viel Abwechslung.
Transsibirische Kleinbahn, sozusagen.
An Feldern vorbei,
wo die Pferde am Pflug dampften vor Anstrengung,
vorbei an Wiesen,
wo die Kühe dem Zug nachguckten
und den Kopf schüttelten
und sich entleerten,
manchmal alles gleichzeitig.
Das Tal durch den Baerler Busch,
wo es für ein paar Minuten dunkler wurde im Zug
und die Schüler beim Kartenspiel kurz aufhören mussten.
Vorbei an der Fabrik in Baerl,
aus der Lärm in den Zug drang,

Eisen auf Eisen.
Über die Brücke kurz hinter Meerbeck
und weiter auf dem Bahndamm
mit Blick auf Nissenhütten tief unten,
dicht an dicht wie Maulwurfshügel
auf grüner Wiese.
Hinter der Schranke kurz vor Moers die Brotfabrik,
aus der warmer Brotduft reinwehte
durch die halb offenen Fenster,
der Appetit machte
auf Stuten mit Rosinen und ‚ne Tass' Kaffee.
Aber das gab's nicht im Zug.
Da musste man warten bis Moers.
Im Café Schroer auf der Homberger Straße,
nicht weit,
höchstens drei Minuten zu laufen
vom Bahnhof aus,
da gab es die süßen Köstlichkeiten.
Von weit her kamen die Leute,
nur für den Bienenstich.

Am letzten Tag ihres eisernen Lebens,
da fuhr die Kreisbahn ohne Fahrplan
wie ein Döppken hin und zurück
zwischen Rheinberg und Moers,
als wolle sie es noch einmal zeigen,
und nahm alle mit
ohne einen Pfennig.
Da gab es auch Stuten mit Rosinen,
mit Käse oder Schinken
und Kaffee en masse und Bier,
von den Bahnhofswirten spendiert.
Der Zug wie eine rollende Kneipe.

Da war Stimmung.
Und jeder hätte jeden umarmen können.
Ich war selbst dabei
und bin hin- und zurückgefahren,
und noch mal hin und noch mal zurück.
Und konnte gar nicht genug kriegen.

Aber am nächsten Morgen,
als der dicke Kopp so langsam nachließ,
da zog nach dem Kater Trauer ein.
Da war mir klar, da war was verloren.
Für immer.
Die Kreisbahn, die mich nach Moers gebracht hatte,
zur Schule, jahrelang,
und mittags wieder zurück.
Jeden Tag.
Weg und passé.
Die Schienen nun nackt
und ohne die Last der Fahrschüler
und anderer fröhlicher Menschen.
Aber sie sind noch da, die Schienen.
Nur ein bisschen rostig.

Ich will mir die Zeit nehmen
und über die Schwellen laufen,
mit kleinen Schritten,
von Orsoy nach Moers.
Mir richtig Zeit lassen.
Und so tun,
als säße ich in der Kreisbahn
auf hochglanzlackierter Holzbank
und spielte Karten mit den anderen.
In der Hosentasche hätte ich ein paar Groschen

für den tackernden Spielautomaten
im Moerser Kreisbahnhof.
Wie damals.

Alle an einem Tisch

Ich möchte sie alle mal an einem Tisch haben.
An dem Stammtisch in Hugos Alt-Orsoyer Schenke.
Mit der dicken Platte,
massives Holz,
immer blank gescheuert,
die manche Faust aushielt
und manches verkippte Bier oder Likörchen.
Ich bäte sie, Platz zu nehmen.
Ehrenplätze gäbe es nicht,
jeder könnte sich hinsetzen,
wo er wollte,
ohne Ansehen der Person.

Doktor Kräh würde ich einladen,
aber sein Jagdhund müsste draußen bleiben.
Wenn der Kräh denn Zeit hätte,
zwischen zwei Blinddärmen,
evangelisch und katholisch.
Zwei Krankenhäuser gab es.
Und der Kräh operierte überkonfessionell.
Und ich würde nach dem Unterschied fragen.
Ob man vielleicht inwendig
das auch noch unterscheiden könnte.
Aber der Kräh würde erst einen großen Schnaps wollen
und dann käme seine Stellungnahme.
Auf die alle gespannt wären.
Auch Leo.

Leo wäre auch unbedingt am Tisch dabei.
Am Dienstag, an seinem Ruhetag.
Darauf würde ich Rücksicht nehmen.

Der Wirt von der kleinsten Kneipe der Welt.
Der stundenlang stehen konnte auf einem Bein.
Leo würde Kräh schadenfroh angucken
und sagen, dass ihm Diesbezügliches fehle.
Und der Kräh sollte ihm mit seinem Messer
vom Leib bleiben.
Er erbäte sich Abstand,
auch von Sarg-Hermann,
der ja mit Kräh unter einer Decke stecke,
so vermute er.
Der eine arbeite dem anderen zu,
aber das wolle er nicht so genau präzisieren.
Damit ihm keiner an die Karre pinkeln könne.
Aber er wolle es mal gesagt haben.

Es würde nicht lange dauern,
dann käme eine Runde klarer Korn.
Und alle am Tisch wüssten Bescheid.
Eine Runde von Sarg-Hermann.
Alle würden auf seinen Spruch warten:
»Meinen Kunden zum Wohl!«
Lachen würden sie
und den Korn runterkippen.
Und nach dem Schütteln
würde jemand entgegnen,
dass er Sarg-Hermann liebend gerne schädigen würde
um viele Korn, bis er seinen Sarg raushätte.
Und, wenn möglich, noch ein paar mehr.

Auch Mary würde bei den Kornrunden mithalten,
mit abgespreiztem kleinem Finger.
So würde sie das Pinneken halten.
Ja, Mary wäre auch dabei,

die ehemalige Tänzerin,
die in einem Staatsballett getanzt hatte,
so hieß es immer,
in Nebenrollen, aber immerhin.
Die dann das Haus Germania führte
mit zwölf Betten
und die immer noch gerne tanzte.
Manchmal auf dem Tisch,
nach ein paar Glas Sekt.
Die würde ich auch einladen
und Platz nehmen lassen,
weil sie so lachen konnte
in den höchsten Tönen,
so eine Art Koloratursopranlachen
als schöner Kontrast
zu der sonoren Stimme von Doktor Heisterkamp,
dem Zahnarzt,
der immer Appetit hatte
und so schöne Zahngeschichten erzählte.
Der wäre auch dabei.
Die beiden würden abwechselnd lachen:
Koloratursopran und Kellerbass.
Korn und Kultur an Hugos Stammtisch.

Auch Willi Raiers müsste dabei sein,
der Fischer von Rheingolds Gnaden.
Der in einer Schifferkneipe in Ruhrort groß geworden war,
mit Wasser vor der Haustür
und fünf Schiffersprachen,
auch Ruhrorter Platt.
Den das Wasser nie losgelassen hat
und der deshalb auf den Schocker zog
auf dem Orsoyer Rhein,

mit seiner Frau,
die mit ihm das Netz hochzog
mit den Aalen und Bräsen und Brassen.
Der wäre auch dabei,
mit seiner Frau,
wenn sie denn abkömmlich wäre
und auf dem Schocker ihre zweieinhalb Zimmerchen
in weißem Schleiflack geputzt hätte.
Reden würden sie alle
und schallend lachen
und jeder hätte den anderen Wichtiges zu erzählen.
Themen von A bis Z.
Von Aalsuppe bis Zahn der Zeit.
Und wieder zurück.

Und Hugo käme kaum dazwischen
mit Pils und Korn
und Danziger Goldwasser für die Fischerfrau.
Und kurz vor Mitternacht wären sich alle einig,
dass sie noch bis in die Puppen weiterreden könnten.
Aber Hugo würde anfangen,
die Stühle im Lokal hochzustellen,
und jedem bedeuten,
dass sein Bett zu Hause stünde.
Unter einigem Widerstand würden alle
Hugos Stammtisch räumen
und Bemerkungen machen,
aber nicht so gemeint.

Und Doktor Heisterkamp würde zu mir sagen,
er hätte so wenig von mir gehört
an dem Abend,
ob mir vielleicht nicht so gut sei,

ob mir etwas quer gesessen hätte.
Ich hätte mich bestens amüsiert,
würde ich ihm sagen,
und Spaß gehabt wie Schippenkönig.

Hypnotische Musik

Als ich so zehn war
und die Flötentöne leid,
die Blockflötentöne,
da wollte ich ein ernsthaftes Instrument spielen.
Klavier wär' nicht schlecht.
Ein Klavier käme nicht infrage,
des fehlenden Platzes wegen, meinten die Eltern.
Wir hatten gerade unser Wohnzimmer geopfert
für den Laden
und oben das neue Wohnzimmer eingerichtet,
wo wir zusammenrücken mussten.
Und da auch noch ein Klavier?

Nein, das Klavier sollte ich mir mal aus dem Kopf schlagen.
Es müsste schon etwas Kleineres sein.
Ein Akkordeon oder so.
Das sei dazu ja auch noch tragbar
und überallhin mitzunehmen.
Und auch leichter zu lernen,
weil es weniger weiße und schwarze Tasten hätte,
sagte mein Vater.
Und die Musik sei nicht so ernst.
Schmissige Stückskes,
wo alle richtig mitgehen könnten.

Den schwarzhaarigen Wenzel aus der Rosenstraße,
den sollte ich mir mal anhören,
sagte mein Vater.
Spielen könnte der, wie geschmiert.
Und alles ohne Noten.
Ohne eine Note.

Der könnte gar keine Noten lesen.
Und sich dann ganz auf das Spielen konzentrieren.
Der könnte sich richtig der Musik hingeben.
Wenn der einen Fuß nach draußen setzte,
liefen schon die Nachbarn zusammen,
hieß es immer.
Alle wollten ihn mit seinem Akkordeon hören.
»Komm, hol de Trecksack«,
riefen sie.
So ein bisschen salopp und respektlos,
aber nicht so gemeint.
Was der spielte, war völlig egal.
Marsch oder Musettewalzer,
mit oder ohne Schnörkel,
völlig egal.
Obwohl, bei einem Tango,
da konnte sich die Frau Keesen,
die schräg gegenüber wohnte
und unverheiratet war,
ja, die Frau Keesen vergaß sich dann
und ein Ruck ging durch ihren Körper,
die Augen verdreht,
da war nur noch das Weiße zu sehen.
Das war schon hypnotisch.
Das ging schon ins Parapsychologische,
war also nicht mehr so richtig erklärbar.
Die Frau Keesen wäre dem Pitt Brecker von gegenüber,
dem Stadtausrufer,
um den Hals gefallen
und hätte ihn zum Tango aufgefordert,
wenn ihn nicht jemand ins Haus gezogen hätte.
So wurde erzählt.

So kam ich an mein Akkordeon,
in Moers gekauft,
auf der Uerdinger Straße.
Von einem Mann aus Sachsen,
der das Instrument selbst gebaut hatte
und mitgebracht nach Moers.
In Baerl lernte ich,
die Tasten richtig zu drücken
und nach Noten zu spielen.
Aber den schwarzhaarigen Wenzel,
den akkordeonistischen Magier,
den habe ich nie erreicht.
Vielleicht hatte das was mit den Leuten zu tun,
den Leuten in der Rosenstraße.

Der Orsoyer an sich

Der Rhein trennt Kulturen.
Für uns Kinder war eine Fahrt
zu den Verwandten auf der anderen Rheinseite,
eine solche Fahrt war immer eine Reise ins Ausland.
Wir hatten das Gefühl,
das war völlig unbegründet
und irrational,
wir hatten das Gefühl,
da war die Luft anders,
die Menschen sahen anders aus,
sie rochen anders,
sie sprachen anders,
bewegten sich anders.

Das war sicher völliger Blödsinn,
aber wir glaubten das.
So entsteht Vorurteil.
Das man ja immer bestätigt haben will.
Vielleicht sind wir auch deswegen hingefahren,
zu den Verwandten in Walsum und Dinslaken,
und warteten schon darauf,
dass Tante Agnes,
die Schwester von Vater,
sagte: »Schön, dass ihr mal wieder kommt.«
Mit so einem Satz kann man ja nix falsch machen.
Aber Tante Agnes sagte das anders
als wir auf der linken Rheinseite.
Dabei legte sie den Kopf auf die Seite
und machte den Mund so spitz.
Das tat bei uns keiner so.
Mein Vater auch nicht,

obwohl er von dort kam
und da seine prägenden Jahre erlebt hatte,
so sagt man das ja.
Wenn ich jetzt nach Jahren
drüber nachdenke,
muss ich sagen:
Wir wollten das alles so hören
und sehen und wieder drauf warten.

Es hat ja erst einmal mit dem Rhein zu tun.
Der schafft, egal, ob man ihn durchschwimmt
oder drüber rudert
oder sich mit der Fähre gemütlich hinüberbringen lässt,
der schafft Abstand.
Eine Atlantiküberquerung in Klein.
Man muss so ein Übergangserlebnis haben,
wenn man ganz woanders hinwill.
Wer nach England will,
sollte eigentlich zu Wasser dorthin
und von Weitem die weißen Kliffe von Dover sehen
und dann wissen: Ich bin bald da.

Aber es hat auch etwas mit den Orsoyern zu tun,
die Jahrhunderte hindurch
auf ihrer kleinen Landinsel saßen
mit einer dicken Stadtmauer drum herum
und Torwächtern und Zolleinnehmern.
Das hat die Orsoyer Seele geprägt:
Wir sind es wert,
geschützt zu werden.
Wir gehen nicht nach draußen,
wir lassen auch keinen rein.
Höchstens, wenn einer Schnaps von uns kaufen will.
Denn die achtzehn Fuselbrenner wollen ja auch leben.

Die dicke Mauer um die Stadt
hatte der Klever Herzog bauen lassen
und den Orsoyern das Gefühl gegeben,
sie seien die Perle des Herzogtums,
umgeben von Feindesland,
auf der einen Seite die Kurkölschen,
auf der anderen Seite die Moerser Grafschafter,
deren Umgangssprache bei den Orsoyern
physische Schmerzen hervorrief.
Wasser rundum,
das kam noch dazu.
Der große Rhein,
der Geld bedeutete
und Gefahr.
Der Lohbach,
hinter dem die Grafschaft Moers anfing,
mickerig, am Rhein gemessen.
Dann der Kuhteich,
stilles Wasser, aber tief.
Dazu noch der Stadtgraben.
Mit dem Durchschwimmen war da nichts.
Ich denke an die Feinde
in ihren schweren Rüstungen
aus Eisen.
Jetzt kann man die Orsoyer
so ein bisschen verstehen.
Mit ihrem Stolz auf das Städtchen
und ihrer Portion Misstrauen nach draußen.

Collage Rathaus, Pulverturm, Kirche, Kuhteich und Frühlingsblüten,
Fotomontage von Alexander Kirberg, 2005

Von Mütterlein bis Leos Kneipe

Sollte es dich in die Gasse verschlagen, die links neben der evangelischen Kirche von einer der Hauptstraßen abgeht – aber warum sollte es das? –, wirst du nach einigen Schritten zwei Fenster und eine Tür passieren. Sie werden deine Aufmerksamkeit nicht erregen. Warum auch? Zwei ganz normale weiß gestrichene Fenster, hinter denen man manchmal das gedämpfte Klappern von Töpfen und Topfdeckeln hören kann. Nichts Besonderes. Die zwei Fenster gehören zu der kleinen Küche, in welcher der Wirt der Gaststätte an der Ecke jugoslawische Spezialitäten zubereitet, aber auch Schnitzel mit diversen Beilagen.

Vor vielen Jahren, nicht lange nach dem Ende des Zweiten Weltkriegs, war diese Küche im Hinterhaus, aus deren Fenstern der Geruch von Knoblauch und scharfer Soße nach draußen dringt, eine Kneipe, sehr klein, dreieinhalb Meter zum Quadrat. Der Wirt war Leo, ein Junggeselle, lange Zeit jedenfalls, bis er dann doch noch heiratete. Eine Frau, die seine Liebe zu Theater und klassischer Musik teilte, sein gleich gesinntes und gleich gestimmtes Gegenüber.

Leo hatte gar nicht Wirt werden sollen. Er war das einzige Kind eines Ehepaares aus dem Krefelder Raum, das in dem kleinen Niederrheinstädtchen die Gaststätte eines Schnapsbrenners mit französischem Namen übernahm. Bald danach verstarb Leos Vaters, da war Leo acht Jahre alt, und seine Mutter führte die Gaststätte allein. Sie war eine kräftige Frau mit mächtiger Oberweite. An Wochenenden, wenn der Andrang der Gäste es nötig machte, halfen ihr zwei junge Damen aus dem Ort, Mädchen fast noch, beim Bedienen der Gäste. So konnte sie sich ganz dem Zapfen von Bier und dem Einschenken von Schnaps und Likörchen widmen.

Die Gäste waren hauptsächlich Männer, viele Zigarrenmacher darunter, die in dem halben Dutzend Zigarrenfabriken das Geld für den Unterhalt ihrer meist großen Familien verdienten. Aber auch andere gab es, Angestellte und Ladeninhaber, Handwerker, arme und die besser Betuchten. Hier wurden Verabredungen getroffen, Aufträge erteilt, hier wurde gefeilscht und gehandelt und Dinge per Handschlag besiegelt. Hier wurden Nachrichten und Neuigkeiten umgeschlagen, meistens die aus dem Ort. Und derjenige stand im Zentrum augenblicklichen Interesses, der die spannendste Nachricht zu erzählen hatte. Das konnte etwas Lustiges sein. Wie Jakob nach einem seiner späten Kneipenbesuche von seiner Frau mit dem Teppichklopfer begrüßt worden war, aber auch etwas Trauriges, wenn sich wieder einmal jemand aus purer Verzweiflung im Kuhteich oder im Rhein das Leben genommen hatte, was zuweilen vorkam. Wer gestorben war und woran, das wollte man immer genau wissen, und man ließ keine Ruhe, bis man es erfahren hatte:

»Weiße, wer gestorben iss?«
»Nä!«
»Die alte Frau Gerkes.«
»Watt hatte se denn?«
»En Tumor, en Tumor im Kopf.«
»Hasse ja auch lang nich mehr auffe Straß' gesehn.«
»Nä!«

So die eher knappe Version.
Die Zigarrenmacher waren chronisch durstig vom Tabakstaub, aber auch chronisch knapp im Portemonnaie. Schlüssel und Schrauben in der Hosentasche sollten Münzen vortäuschen. Aber darauf fiel »Mütterlein« nicht herein. Natürlich wurde von ihr auch erwartet, dass sie reihum die an der Theke

hockenden und stehenden Gäste mit Reden, Witzen und spitzen Bemerkungen bedachte. Das mochten die Männer an der Theke. Und in die Pause sagte dann oft einer: »Mütterlein, tu uns noch mal vier Bier und en Schnaps dabei!«

Immer wieder kam es vor, dass jemand »einen Deckel machte«, seine Schulden auf dem Bierdeckel vermerken ließ, um sie zu einem vereinbarten Zeitpunkt zu begleichen. Doch gab es eine unumstößliche Regel: Ein neuer Deckel konnte erst gemacht werden, wenn der alte bezahlt war. Für die meisten war der Freitag der Zahltag. Dann war die Kneipe oft zum Bersten voll. Das demonstrative Zerreißen eines Deckels durch die Wirtin bedeutete, dass jemand seine Schulden beglichen hatte. Der jetzt Erleichterte war dann in einer solchen Hochstimmung, dass er sogleich den nächsten Deckel anfing und mit vielen Strichen in Mütterleins Kneipe hinterließ.

Mütterlein war eine gute Seele, aber in Sachen Zahlungsmoral verstand sie keinen Spaß. Als es einmal mit einem besoffenen Zigarrenmacher Streit gab wegen eines zu begleichenden Deckels und ein Wort sich auf das andere türmte, da verließ Mütterlein ihren Platz am Zapfhahn und knöpfte sich den kleinen asthmatischen Mann vor, fasste ihn an seinem Hemd und zog ihn zu sich heran. Dann ging alles sehr schnell. Beide gingen zu Boden, Mütterlein lag auf dem keuchenden Zigarrenmacher, dem diese Last die wenige Luft nahm und der in dieser lebensbedrohlichen Lage alles versprochen hätte. Die das Spektakel verfolgenden Gäste hörten seine gekeuchten Worte dennoch deutlich: »Mütterlein, ich bezahle morgen, bestimmt! Mache keine Deckel mehr, ich nicht.«

Damit gab sich Mütterlein erst einmal zufrieden. Zwei Männer halfen ihr auf, ebenso dem Opfer von Mütterleins spontaner Attacke.

Solche Zwischenfälle gaben Mütterleins Gaststätte einen Unterhaltungswert, den man nicht hoch genug veranschlagen kann. Der Mann, der Mütterleins schweren Brüsten so nahe kam, war minutenlang die Zielscheibe lauten Spotts und ungeheurer Schadenfreude. Und er konnte sicher sein, am nächsten Tag die Hauptperson in den Neuigkeiten des Städtchens zu sein.

Als Leo sechs oder sieben Jahre alt war, sah man ihn des Öfteren in der Gaststätte. Sein Lieblingsplatz war an dem elektrischen Klavier, wenn die Münze eines spendablen Gastes die Spielmechanik in Gang gesetzt hatte. Und wenn ein wortgewaltiger Zecher sich zu einer Rede aufbaute und in Positur setzte, weil er eine wichtige Geschichte zu erzählen hatte, dann hatte Leo ein Gespür für die sich anbahnende Situation, stellte sich eilig in die Nähe des Mannes und verfolgte sein Reden und die Bewegungen der Hände und die Mimik des Gesichts. Da stand er dann mit offenem Mund und großen Augen.

Mütterlein sah seine Anwesenheit in der Gaststätte nicht so gern. Denn vieles, was hier geredet und über das derb gelacht wurde, war nicht für die Ohren eines Kindes bestimmt.»Leo, jetzt aber ab ins Bett«, donnerte es dann von hinter der Theke. Und vorbei war es für Leo mit den Aufführungen deklamatorischer oder musikalischer Art.

Als wieder einmal jemand eine fantastische Geschichte erzählte und aller Aufmerksamkeit hatte und Leo sich verstohlen zwischen die Zuhörer drängte, da fiel der Blick des Redners auf ihn und er unterbrach seine Geschichte und sagte in Mütterleins Richtung:»Der Jung humpelt ja, der geht ja ganz schief.«

Mütterlein kam um die Theke herumgelaufen. Leo war längst stehen geblieben. Jetzt, da er merkte, dass er das Zentrum der Aufmerksamkeit geworden war, bekam er einen hochroten Kopf und schaute fragend seine Mutter an. Mütterlein sagte: »Leo, geh mal ein Stück.«

»Jetzt, wo du das sagst«, rief Mütterlein in Richtung des Redners.

Keiner in der Kneipe ahnte wohl, dass Leos Leben von diesem Zeitpunkt an nicht mehr in den gleichen Bahnen verlaufen sollte. Der Arzt im Ort, den sie alle wegen des langen Namens kurz »de Kräh« nannten, diagnostizierte, dass es sich um eine Gehbehinderung handelte. Er vermutete, dass irgendetwas mit dem Hüftgelenk nicht in Ordnung sei. Und da lag er schon richtig, wie sich später an höherem medizinischem Orte herausstellen würde.

Nun, da Leo wusste, dass mit seinem Gehen etwas nicht in Ordnung war, achtete er besonders auf seinen Gang und wurde verkrampft, was die Sache schlimmer machte. Auch Schmerzen, die wohl schon längere Zeit dumpf da gewesen waren, schienen jetzt heftiger. Dr. Kräh empfahl schließlich, einen Spezialisten der Kinderklinik in der Kreisstadt zu konsultieren. Und von da ab hatte die der Gehstörung zugrunde liegende Krankheit auch einen Namen: »Koxitis tuberculosa«, eine Knochen zerstörende Tuberkulose des Hüftgelenks. Auslöser ist eine Infektion des Hüftgelenks mit Tuberkulose-Bakterien. Hinken stellt sich ein als Folge der Schmerzen im Hüftgelenk. Die Behandlung ist langwierig. Sie ist darauf abgestellt, eine Belastung des Gelenks zu vermeiden, zuerst durch Feststellen des Hüftgelenks und striktes Liegen des Kranken. Später werden Gehverbände angelegt, die das Hüftgelenk schonen und zu einem neuen Stützpunkt am Rumpf verhelfen sollen.

Alles nicht befriedigend. Leo und seine Mutter mussten sich auf eine jahrelange Behandlung gefasst machen. Die Gaststätte der Mutter, für Leo eine Theaterbühne mit täglich wechselnden Vorstellungen, wurde ihm für lange Zeitabschnitte entzogen. Seine neue Umgebung waren nun die weiß gestrichenen Zimmer von Krankenhäusern und Sanatorien, die er sich mit vier oder fünf anderen Jungen teilen musste. Da waren die

Ärzte und Schwestern mit stets gleichen, vorhersagbaren Handlungen und einer Sprache, die blass war gegen die spannende Kneipen- und Thekenrhetorik in Mütterleins Gaststätte. Und als Leo dann schließlich irgendwann in einem Sanatorium in der Schweiz aufgenommen wurde, weil sich seine Mutter von der dortigen Behandlung große Erfolge versprach, waren die Gaststätte mit den redseligen Gästen und auch seine Mutter ganz weit weg.

Vier Jahre brachte Leo in Schweizer Sanatorien zu. Mütterlein musste einen Teil ihrer Einnahmen aus der Gaststätte für Leos Behandlung und Sanatoriumaufenthalte aufwenden. Da musste etwas her, was Heimweh und entgangenes Theatervergnügen aufwiegen konnte. So kam Leo zum Lesen. Er merkte, dass das Lesen Bilder in seinem Kopf, ja, ganze Filme entstehen ließ. Er konnte sich nach einiger Übung sogar regelrecht dazu zwingen, Gelesenes zu Bildern und Filmen werden zu lassen. So schuf er sich seine ganz eigene lebendige Kulisse von Menschen, Tieren und Gegenständen. Das half ihm, seine öde, weißgraue Krankenhaus- und Sanatoriumzeit durchzustehen, nicht zuletzt auch die langwierigen und oft nicht fruchtenden Heilmethoden der Ärzte.

In Mütterleins Gaststätte wurde oft die Frage gestellt: »Was macht der Jung?« Die Anteilnahme der Gäste war Leo sicher. Grüße erreichten sein Krankenbett. Als Leo mit sechzehn Jahren endgültig nach Hause entlassen wurde, da war er, was man »provisorisch geheilt« nennt. Die Krankheit war bis auf Weiteres zum Stillstand gekommen, aber die Folgen der Viruserkrankung und der zerfressenen Knochen waren deutlich sichtbar. Leo musste mit einer starken Beinverkürzung und dem Hinken leben. Die Jahre, in denen andere Jungen mit Freunden über Wiesen laufen und am Rhein entlang, auf Abenteuer aus, diese Jahre waren Leo geraubt worden. Besonders schwer wog die

Trennung von Schulkameraden und Freunden. Leos Schulbesuche waren zwangsläufig unregelmäßig. Wenn er denn zur Schule konnte, zog ihn ein Freund, der immer zu ihm gehalten hatte, auf einem Holzkarren zur Schule und brachte ihn nach der Schule auf diesem Gefährt auch wieder zurück. Das in der Schule Versäumte konnte Leo nur schwer nachholen, aber vieles fand durch häufiges Lesen Eingang in sein Gehirn. Als es um seine berufliche Zukunft ging, schieden viele Berufswege aus. Gute Fürsprache bewirkte, dass Leo eine Lehre in einer kleinen Bank machen konnte. Seine wunderbar klare Handschrift und sein durch Lesen geschliffenes Deutsch halfen ihm. Auch seine Mathematikkenntnisse waren nicht schlecht. Dabei fehlte ihm mehr als die Hälfte der Schuljahre. Er machte sich gut in der Bank, gut tat ihm das Gefühl, eigenes Geld zu verdienen. In seiner freien Zeit half er seiner Mutter in ihrer Gaststätte und die alte Szenerie war wieder da und tat ebenfalls seiner Seele gut.

Inzwischen hatte er sich eine Bibliothek mit preiswerten Reklam-Heften zugelegt und las viel. Das vorübergehende Abtauchen in die Welt eines Buches war seine Selbsttherapie. Die klassischen Dramen hatten es ihm besonders angetan und irgendwann hatte er das Rollenlesen perfektioniert. Er konnte Stimmen variieren, die Lautstärke und Tonhöhe, konnte flüstern und lautstark deklamieren, so wie es nötig war. Er konnte »aus dem Bauch« reden, nur dass das Akustische nicht nach draußen drang und er der einzige Zuhörer war. Und da er das mit den Bildern im Kopf schon zuvor eingeübt hatte, stand ihm nun sein eigenes privates Theater zur Verfügung.

Bald hatte er sich eine weitere Marotte angewöhnt: Er ordnete die Gäste in der Gaststätte den Charakteren in Dramen zu.

Als sich Deutschland mit dem Angriff auf Polen auf das Terrain eines umfassenden Kriegs begab, fing Leos Mutter, die robuste, tatkräftige Wirtin, an zu kränkeln. Mit ihr kränkelte auch das Geschäft. Viele wehrfähige Männer des Städtchens wurden zum Militärdienst eingezogen und schlugen sichtbare Lücken in das gewohnt gemischte Gasthauspublikum. Verdunklungen mussten strikt eingehalten werden, ging es doch darum, dass feindliche Flieger nicht durch herausdringendes Licht auf Häuser aufmerksam wurden. Als einmal Mütterlein nach Mitternacht Gäste hinausließ und kurz ein Lichtschein auf die Straße fiel, da hatte jemand nichts Eiligeres zu tun, als sie anzuzeigen wegen der Verletzung der Verdunklungsanweisung. Prompt bekam Mütterlein einen Strafzettel und musste eine gehörige Summe Geldes zahlen.

Es wurde merklich ruhiger in Mütterleins Gaststätte, fast so, als nähmen die Gäste Rücksicht auf die angegriffene Gesundheit der Wirtin, die zwar ihren bekannten Humor noch nicht ganz verloren hatte, aber doch mehr Ruhe brauchte.

Dem Krieg konnte Mütterlein nichts abgewinnen. In ihren Äußerungen darüber musste sie vorsichtig sein, denn auch unter ihren Gästen waren einige, die der herrschenden Partei nahestanden. Eine Kneipe ist schließlich so etwas wie ein öffentlicher Raum, und Informationen, die dort fallen, multiplizieren sich draußen in Windeseile. Noch dazu in einem solch kleinen Ort.

Sie hatte sich schon den Mund verbrannt, als sie sich freundlich über das jüdische Geschäft schräg gegenüber und seine Inhaber geäußert hatte: »Ich kann von dem nichts Schlechtes sagen, sind freundliche Leute.« Und als der sechzehnjährige Sohn des jüdischen Inhabers nach der Reichskristallnacht die Glasscherben auf dem Bürgersteig zusammenfegte, da hätte sie den Jungen, der ungefähr in Leos Alter war, am liebsten vor Mitleid in den Arm genommen und ihm ein paar Worte des Mitgefühls gesagt. Aber das wagte sie doch nicht.

Schon Monate vorher waren die Menschen zum Boykott angehalten, die jüdischen Geschäfte geschnitten worden. Jetzt, wo auch ihr aus Kriegsgründen die Kunden fehlten, konnte Mütterlein die finanziellen und seelischen Nöte ihres Nachbarn gegenüber besonders gut nachfühlen. All dies zehrte an ihrer Gesundheit, dazu kamen die Sorgen um ihren einzigen Sohn Leo einschließlich der Belastungen, als er mit unsicherer Heilungsprognose in den verschiedenen Krankenhäusern und Sanatorien behandelt wurde.

An Hitlers militärischen Siegen, lauthals verkündet und kommentiert im Radio, konnte sich Mütterlein nicht freuen, das lobhudelnde Reden über das Regime und die militärischen Erfolge waren ihr zuwider. Gleich zu Beginn des Krieges wurden Flakartillerie und Pioniere bei den Familien des Städtchens einquartiert und im September 1939 die ersten Lebensmittelbezugscheine ausgegeben, aber Bier und Schnaps waren nicht betroffen. Im Frühjahr 1940 begannen die unruhigen Nächte. Gewöhnlich erschienen die feindlichen Flugzeuge zwischen Mitternacht und drei Uhr früh. Da entschloss sich Mütterlein, ihre Gaststätte fürs Erste zu schließen.

Die Stimmung in der Gaststätte war eine andere geworden. Auch Mütterlein war nicht mehr die Alte. Die erste Bombe fiel im Juli 1940 auf den Rheinwall. In der Schule wurde der Unterrichtsbeginn um eine oder zwei Stunden verschoben, weil die Kinder wegen der nächtlichen Störungen nicht ausgeschlafen waren. Ferien wurden verlängert. Brand- und Sprengbomben machten den Menschen das Leben schwer und unsicher. Es gab Todesfälle, schwere Gebäudeschäden. Im Jahr 1941 befiel eine Krankheit Mütterlein und der Krieg mit seinen Unwägbarkeiten und dem unsicheren Leben machte es ihr nicht leichter. Ihr Abgang von dieser Welt fiel in eine unruhige, wirre Zeit. Das Jahr 1942, Mütterleins Todesjahr, stand im Zeichen des Russlandfeldzugs und der sich anbahnenden Katastrophe in Stalingrad, wo Durchhaltebefehle von Hitler und seinen

Militärs den größten Teil der deutschen Soldaten das Leben kosteten.

Als Mütterlein gestorben und beerdigt war, hatte die Gaststätte ihre Seele verloren. Und als schließlich eine Bombe in das Haus einschlug und das ganze Vorderhaus mit der Gaststätte vernichtete, war die Geschichte von Mütterleins Gaststätte zu Ende. Die Zerstörung hatte Mütterlein nicht mehr erlebt. Das war in der Nacht zum 19. August 1944. Da hatte die Gaststätte schon vier Jahre leer gestanden. Ein geringer Teil der Vorderfront hatte Stand gehalten. Zwei leere Fensterhöhlen starrten einem auf der Egerstraße entgegen. Wer durch sie hindurchsah in den ehemaligen Schankraum der Kneipe, blickte auf einen Berg Schutt. Teile des elektrischen Klaviers, der einstige Stolz und Mittelpunkt der Kneipe, lagen zerfetzt herum, verstreut die weißen und schwarzen Tasten. Die Preistafel in einem schwarzen Rahmen war unversehrt, abgesehen von der gesprungenen Glasscheibe.

Gegen Ende des Krieges wurde Leo als Zweiundzwanzigjähriger tatsächlich noch eingezogen. Er musste Erde schippen und beim Bau von Schutzwällen helfen. Aber da war eigentlich schon alles verloren.

Am 16. März erließ der amerikanische Kommandant den allgemeinen Räumungsbefehl für die Stadt. Die gesamte Bevölkerung wurde in nicht so sehr betroffene Gebiete umquartiert. Zum Teil über den Rhein.

Was war Leo geblieben, nachdem Deutschland kapituliert hatte? Das Vorderhaus lag in Trümmern, wohnen konnte er noch im Hinterhaus. Leo richtete sich ein Zimmer unter dem Dach ein. Die Reklam-Hefte, die er immer gehütet hatte, gehörten zu seinen größten Schätzen. Zu kaufen waren Bücher in diesen Zeiten ja kaum. Und wenn, dann war die Qualität schlecht. Seit Mütterleins Tod kümmerte sich die Bauersfrau von nebenan um ihn. Es bot sich die Gelegenheit, bei der örtlichen Sparkasse zu arbeiten, die bald nach der Kapitulation wieder eröffnete. Irgendetwas musste er ja tun. So machte er sich jeden Morgen auf den Weg zur Sparkasse, mühsam war der Weg für ihn mit seiner Gehbehinderung. Aber er gehörte bald zum gewohnten Bild im Städtchen.

Leo kratzte Geld zusammen, um das Vorderhaus wieder aufbauen zu lassen. Den Schutt hatten die Kinder durchwühlt auf der Suche nach kostbaren Metallen wie Blei, Kupfer und Eisen. Wenn der Lumpenhändler einmal die Woche kam, versetzte man dies alles. Das meiste Geld wanderte in den Kiosk an der großen Kreuzung, der in einer provisorischen Bude untergebracht war. Leo gönnte den Kindern das kleine Taschengeld.

Als das Vorderhaus wieder stand, fand sich auch schnell ein Mieter. Ein Konsum breitete seine Lebensmittel in den Regalen aus, wo früher Bier und Schnaps ausgeschenkt wurden. Später zogen Angestellte der Stadtverwaltung dort ein, das Rathaus an der Kreuzung war zu eng geworden.

Irgendwann besann sich Leo auf die Vergangenheit der Familie und des Hauses und er beschloss, eine Kneipe zu eröffnen, die von ihm allein bewältigt werden konnte. Er wollte das Stehpult in der Sparkasse mit dem Kneipentresen tauschen. Einige aus dem Ort hatten ihn in diesem Gedanken bestärkt: Er möge doch an die Tradition der Kneipe unter Mütterleins Führung wieder anknüpfen, der Herr habe sie selig.

Das Hinterzimmer der ehemaligen Gastwirtschaft bot sich an. Es lag mit der Fensterfront zur Nebenstraße. Eine Tür verschaffte unmittelbaren Zugang zur Straße. Zu Beginn war die Kneipe noch ohne Theke. Das Bierfass stand auf einem Stuhl und in einer Metallschüssel daneben wurden die Gläser durchgespült. Der Geselle einer Schreinerei zimmerte Leo später eine kleine Theke und einen Schrank für Gläser und Sonstiges, wesentliche Elemente einer Kneipe. Leo trieb einen runden und einen rechteckigen Tisch mit passenden Stühlen auf.

Als seine Pläne bekannt geworden waren, hatte er viel Zuspruch bekommen, und das hatte ihn bestärkt. Und als der Tag der Eröffnung anstand, da musste Leo keine offizielle Reklame mehr machen, die Mundpropaganda hatte alle Werbung für ihn erledigt. Alle wussten Bescheid, wobei die durstigen Männer am meisten interessiert waren. Als der Tag da war, standen die Männer Schlange und Leo musste sich beim Zapfen und Einschenken tüchtig sputen. In dieser Zeit der Trostlosigkeit und der Trauer über Verlorengegangenes war Leos Kneipe ein Hort der Zuversicht und des Optimismus. Hier war man eng beieinander, Verschworene vereint bei Bier und Schnaps.

Der Kneipenraum war fast quadratisch, ungefähr dreieinhalb mal dreieinhalb Quadratmeter groß. Es gab zwei Fenster zur Nebenstraße. Daneben war eine Tür, die in einen Flur führte, und gleich links war die Tür zu Leos Kneipe. Die Theke war gerade mal zwei Meter breit. Darauf stand jetzt das hölzerne Bierfass, das die Zapfanlage enthielt, aus dem Pils und Export gezapft werden konnten. Das Bier wurde gekühlt durch zerhacktes Eis, das auf die Bierleitungen gepackt wurde. Einmal in der Woche kamen die Eislieferanten, die Männer schulterten die Eisstangen und brachten sie in den Keller, wo sie kühl lagerten. Teile davon wurden abgeschlagen und in die Zapfanlage gepackt. Dort wurden sie zerhackt, das gab dem Bier eine natürliche Kühle.

Diese Tätigkeiten gehörten damals zu den Aufgaben eines Wirtes. Das Büfett war einfach, hergestellt von Gerd, einem Schreinergesellen, glatt und ohne großartige Schmuckelemente. Die Gläser waren darin untergebracht und die Flaschen, die keine Kühlung brauchten. Außerdem war da ein Stapel Schokoladetafeln, Vollmilch mit Nuss. Die gingen weg wie nichts.

Mit denen stopften die Männer die schimpfenden Mäuler der Ehefrauen. Das klappte oft.

Sitzplätze waren rar, es gab nur zwei Tische. Zwei Ölbilder hingen in der Kneipe, gemalt von einem der drei Anstreicher, die das Städtchen hatte. Willem, der schon Betagte unter ihnen, war besonders begabt. Kein anderer konnte Holzmaserungen an Türen oder Holzverkleidungen so gut und täuschend echt imitieren wie er. Das künstlerische Malen hatte er sich selbst beigebracht. Er malte das eine oder andere Ölbild auf Bestellung, hatte ein wunderschönes Porträt von einem Mädchen mit fuchsroten Haaren aus dem Ort gemalt. Für Leo hatte er eine Rheinansicht mit einem Dampfer und einem Schleppkahn erschaffen, ein Querformat und eigentlich überdimensioniert für die kleine Kneipe.

Der Rhein floss nur hundert bis zweihundert Meter hinter Leos Kneipe, je nach Wasserstand. Bei Hochwasser leckte das Wasser am Rheintor, das dann von den Männern der Feuerwehr geschlossen wurde. Ein Ereignis, das in Leos Kneipe seinen Ausklang fand.

Das andere Bild stellte einen Raucher dar, der eine weiße Tonpfeife hielt und Ringe aus Tabakrauch blies, wahrscheinlich eine Kopie.

Es gab drei Kleiderhaken, die meistens nicht benutzt wurden. Und eine Toilette, integraler Bestandteil einer Kneipe. Zur Toilette ging es durch einen langen, schmalen, schwach beleuchteten Gang. Den größten Platz beanspruchte die Pinkelrinne, die, aus Zinkblech geformt, ein leichtes Gefälle hatte. Dort wurde man sein Bier aus der Kneipe wieder los, wofür man dankbar war. Wenn jemand, was nicht selten vorkam, ein paar Gläschen Wacholderschnaps getrunken hatte, so machte sich der Wacholdergeruch beim Urinlassen breit und gab dem Pinkeln ein besonderes Aroma.

Den Ansturm bei der Eröffnung hatte Leo nicht erwartet. Er hielt auch die nächsten Wochen an. Allein konnte Leo das alles nicht schaffen. Er brauchte vor allen Dingen jemanden, der ihm den Haushalt abnahm. Eines Tages ließ er sich die Haare schneiden bei seinem Friseur, der das folgende Schild über den Kundenspiegeln angebracht hatte: Bist du zufrieden, sage es andern. Bist du es nicht, sage es mir.

Die Frau des Friseurs hatte zugehört, als Leo über die viele Arbeit geklagt hatte. Sie bot sich spontan an, ihm zur Seite zu stehen. Sie und ihr Mann hatten Leos Kneipe schon des Öfteren besucht. So wusste sie einigermaßen, wie die Hilfe auszusehen hatte, die sie Leo bieten würde. Es ging um die Mahlzeiten, die Wäsche, die zu waschen war, und das Putzen der kleinen Kneipe und der zwei Räume, die Leo privat nutzte. Einsatz jeden Tag, auch sonntags. Sie sagte zu.

Leo war von Natur aus ein Spätaufsteher. Um halb zehn kam Bella mit belegten Brötchen und einer Thermoskanne Kaffee in die Kneipe. Es gab dort einen kleinen Tisch, der ausschließlich für Leo reserviert war, für seine Mahlzeiten und seine Aussicht auf die Egerstraße und den Markt. Alle wussten, dass der kleine viereckige Tisch Leos privater Bereich innerhalb der ohnehin schon winzigen Kneipe war, eine private Insel innerhalb des öffentlichen Bier- und Schnapsabfüllbereichs. Diese Insel genoss Leo, bis um elf Uhr die ersten Gäste kamen. Von diesem Aussichtspunkt aus hatte er einen guten Überblick über den Kirchplatz, die Hauptstraße und die Kreuzung, die sie hier alle »Markt« nannten, wenn auch von einem Markt nichts zu sehen war. Aber vor Jahren hatte jemand, der sich mit der Geschichte der Stadt beschäftigte, herausgefunden, dass an der Kreuzung, da wo heute das Rathaus steht, wirklich ein Marktplatz gewesen war. Als das Rathaus 1578 abbrannte, wurde er überbaut und es entstand das neue Rathaus. Dort steht es heute noch.

An den Ecken, schließlich gab es vier davon, standen gerne Menschen zusammen und erzählten sich das Neueste. Und irgendetwas war immer passiert. Dem Theo war die Frau weggelaufen, Frau de Kluth hatte den Lehrer ihrer Tochter im Klassenraum vor allen Schülern bedroht, in der Kneipe am Rhein hatte es eine Schlägerei mit Paddlern gegeben, die von der anderen Rheinseite stammten. Im Café auf der Kuhstraße gab es jetzt neben Vanille- und Schokoladeneis auch Erdbeereis. So reich mit Neuigkeiten beladen, kam man nach Hause und hatte Gewichtiges zu erzählen. Vom Markt aus verabredete man sich spontan zum Besuch einer Kneipe. Hier erzählte man sich, wer gerade gestorben und überläutet worden war.

Diese Gruppen auf dem Markt konnte Leo von seinem Ausguck aus beobachten. Der Ausblick wurde nur dadurch möglich, dass die Überbleibsel der kriegszerstörten Häuser am Kirchvorplatz zur Hauptstraße hin geräumt worden waren. Dabei war auch die Grenzmauer des Kirchareals einschließlich des Tores geschleift worden. Zwar konnte Leo nicht verstehen, was man sich auf dem Markt so erzählte, aber aus Mimik und Gesten konnte er oft entnehmen, ob die ausgetauschten Botschaften traurige oder angenehme waren. Darin war er geübt.

Oft erschien auch der Stadtausrufer Pitt, der den Menschen im Auftrag des Stadtdirektors wichtige Meldungen in der Stadt verkündete. Er war chronisch heiser, das Rufen machte ihm Mühe und nach dem Verlesen der Botschaft an den fünf Stellen innerhalb der Stadt war er mit seiner Luft am Ende.

Wie im Theater, so wechselten auf der Straßenbühne das Szenenbild und die Akteure. Es gab Personen, die feste Auftritte hatten, nach denen man die Uhr stellen konnte. Der Postbote mit seiner Packtasche mit den Briefen und Päckchen. Die kleine, runzlige Frau, die für die Inhaberin des Geschäfts für feine Textilien die Einkäufe erledigte. Der Drogist, der kurz nach zehn morgens vor seine Ladentür trat und die Straße hinauf- und hinunterschaute. Konrad, der ehemalige Zigarrenmacher, der vor seinem kleinen Zigarrengeschäft auf und ab lief, um sich etwas Bewegung zu verschaffen, manchmal in Begleitung seiner langen, dürren Frau mit dem ewigen Seidenschal um den Hals. Jeder auf seine Art heiser. Der Optiker Brillen-Hans, wie sie alle sagten, der sich eilig und nervös auf den Weg zur Post machte und nach zehn Minuten wieder zurückkam. Quark-Franz, der Milchmann, der sich nach der Fahrt zur Molkerei in der Kreisstadt und einem ausgedehnten Frühstück zu Hause auf den Weg in die umliegenden Dörfer machte, um mit seinem Messbecher Milch abzugeben, die er aus dem Tank in seinem Auto zapfte. Auch Quark und Käse hatte er dabei. Und wenn er zurückkam, war es Zeit für ein »Elf-Ührchen«. So hieß das Ritual der zwei oder drei Schnäpse, die manch einer brauchte, um den Tag durchzustehen.

Und just um elf Uhr, nachdem er seine private Umschau genossen, die Tageszeitung gelesen hatte, schloss Leo seine Kneipe auf. Noch war sie blank und sauber. Bella hatte die Kneipe um halb acht geputzt, Staub gewischt, die Tische und Stühle mit einem nassen Tuch abgerieben und den Holzfußboden mit einem Aufnehmer bearbeitet. Alles, was mit der Reinigung der Zapfanlage zu tun hatte, das hatte Leo noch in der Nacht erledigt. Der Tabakqualm und der Alkoholdunst vom vorigen Abend hingen noch im Raum, obwohl Bella schon früh gelüftet hatte. Leo sperrte beide Fenster noch einmal weit auf. Er war ziemlich kälteunempfindlich, konnte auch an kalten Tagen und selbst im Winter lediglich mit einem Oberhemd bekleidet nach draußen gehen. Und meist hatte er die Hemdsärmel aufgekrempelt und die oberen zwei Hemdenknöpfe am Hals nicht zugeknöpft.

Frühe Gäste

Leo hatte noch nicht den letzten Kaffee aus der Thermoskanne getrunken und war eigentlich noch nicht in der Laune, sich auf einen Gast einzulassen. Aber es war elf und draußen brummte schon einer: »Leo?« Das klang nach Jakob. Er war seit drei Monaten Rentner, »in Rente«, wie sie hier alle sagen. »Geduld, Geduld, gemach, gemach«, rief Leo. »Schnaps und Bier laufen nicht weg.« Er drehte den Schlüssel und öffnete die Tür. Es war tatsächlich Jakob, der da triefnass vor ihm stand. »So'n Wetter, tu erssma enn Schnaps.«

Den ersten Schnaps kippte er sogleich hinunter, beim zweiten ließ er sich mehr Zeit. Er hatte, wie einige andere Männer im Städtchen, vom vielen Schnapstrinken eine zugespitzte Mundpartie entwickelt. Die Lippen strebten förmlich dem Schnaps entgegen, wohl um den Weg abzukürzen.

Jakob hatte auf der anderen Rheinseite gearbeitet und bei Wind und Wetter mit der Fähre über den Rhein gemusst. Und dort kreiste oft im Morgengrauen, wenn die Männer zur Frühschicht in der Zellulosefabrik übersetzten, der eine oder andere »Flachmann«. So hieß die Flasche mit einem drittel Liter Inhalt, die gut in der Jacken- oder Manteltasche zu verstauen war. Auch die Fahrt zurück am Nachmittag ging nicht ohne dieses Schnapsritual. »Harter Tag heute«, sagte einer aus der Männerrunde so quasi als Entschuldigung für den Schnaps aus dem Flachmann. Und alle nickten.

Bei der Fährüberfahrt hatte Jakob immer den Jacken- oder Mantelkragen hochgeschlagen und irgendwann war dieser hochgeschlagene Kragen zur Gewohnheit und seinem Markenzeichen geworden. Stundenlang stand er so, als könne der kalte Rheinwind ihn jederzeit treffen. Er dachte auch nicht daran, Mantel oder Jacke auszuziehen und an einen der drei

Haken zu hängen, mochte der Kneipenbesuch auch drei oder vier Stunden dauern.

Nicht einmal zwei Minuten später kam Gerd, der Schreinergeselle, herein, das Gesicht gepudert mit Sägemehl. Vor dem Mittagessen wollte er sich noch etwas Appetit antrinken. Das ging manchmal daneben. Dann war die Stunde Mittagspause vorüber und das Essen auf Mutters Herd verkocht. Mit Gerd hatte Jakob ein Gesprächsopfer gefunden für sein Lieblingsthema: das ewig zeternde und keifende Weib daheim. Alle wussten, dass die Geschichten von den vermeintlichen Drangsalierungen durch seine Frau maßlos übertrieben waren, aber alle labten sich daran. Man schätzte einfach den Unterhaltungswert. Wenn Jakob ein bestimmtes Quantum an Bier und Schnaps getrunken hatte, ging es nur noch um seine Frau Nettchen, die eigentlich Annette hieß. Seitdem einer der Ortspolizisten als einer der Ersten aus dem Städtchen mit zwei Freunden in Italien Urlaub mit dem Zelt gemacht hatte und nicht nur sechs Flaschen Chianti, sondern auch ein paar Brocken Italienisch mitgebracht hatte, seitdem hatte Jakob eine italienische Macke entwickelt und seine Sprache mit Italienisch angereichert. Er hängte einfach an jedes zweite Wort ein »o« oder »io« an, was dann so klang: »Leo, noch zwo Biero, dann muss ich nach Hause zu Nettio.«

Schreiner Gerd sagte nicht viel, manchmal »och« oder »ja, ja«, manchmal kicherte er. Aber es reichte Jakob, dass er außer Wirt Leo einen weiteren Zuhörer hatte.

Als mit Sarg-Hermann der dritte Gast Leos Kneipe betrat, war man in Knobelstärke. Mit Würfeln oder Streichhölzern um eine Bier- oder Schnapsrunde zu knobeln war eine der Lieblingsbeschäftigungen der trinkenden Gäste. Das Knobeln mit Streichhölzern war leicht zu bewerkstelligen. Beim Knobeln mit Würfeln musste man schon mehr aufpassen und das Verhalten der Mitknobelnden einbeziehen. Eine verlorene Runde wurde durch einen Bierdeckel geahndet. Und wenn sich bei einem Knobelspieler die Bierdeckel türmten, dann war er eher auf der Verliererseite.

Sarg-Hermann verlor dreimal beim Würfeln, was für die zwei anderen einen ungeheuren Spaß bedeutete. Wer mit dem Tod sein Geschäft machte, den sahen sie gerne verlieren.

Sarg-Hermann war erst vor Kurzem als Leichenbestatter in den Ort gekommen und eigentlich ein »fremder Hahn auf dem Mist«. Er wohnte sieben Kilometer entfernt. Aber irgendwie war er bei den Kneipengästen angesehen, vermutlich weil er sich mit häufigem Freihalten der Thekengäste eingeführt hatte. »Eine Runde für meine Kunden«, pflegte er zu sagen und immer wieder rief das schallendes Gelächter hervor. Aber wenn er anfing zu erzählen, wie er manche Leiche vorgefunden und wie er sie dann für die Beerdigung würdig ausstatten musste und dabei in alle Details ging, dann wandte sich mancher ab und rief: »Hör auf, Hermann!«

Die schaurig-schönen Geschichten spalteten die Zuhörer. Sarg-Hermanns Vorgänger, der im Städtchen gewohnt hatte, hatte seinen Betrieb aufgegeben. Er hatte mit zwei Pferden, einem schwarzen und einem braunen, ein Fuhrgeschäft betrieben und die Beerdigung der Menschen aus dem Städtchen so nebenbei miterledigt. Sarg-Hermann hatte ein richtiges Beerdigungsauto. Das konnte nicht durchgehen, wie es die Pferde einst mit einem Sarg auf dem Wagen getan hatten. Gescheut hatten die Pferde und waren losgaloppiert und ließen eine erschrockene Trauergemeinde zurück, die auf dem Weg zum Friedhof war. Verzweifelt versuchte Leichenbestatter Karl die Pferde zum Halten zu bringen. Das gelang ihm erst nach zwei Kilometern im nächsten Dorf. Da war der Sarg so richtig durchgeschüttelt worden. Die Pferde marschierten dann ruhig zurück. Die Trauergemeinde stand noch, formierte sich wieder hinter Karls Leichenwagen und es ging von dort ungestört zum Friedhof.

Noch lange war die Geschichte Gegenstand von allerhand Frotzeleien in Leos Kneipe. Der Tote im Sarg hatte dann und wann ein Bierchen bei Leo getrunken und war als Raubein im Städtchen bekannt gewesen, einer, der seinen Kopf gerne durchsetzte. »Der Michel wollte noch nicht ins Grab. Das haben die Pferde gemerkt und wollten ihn lebendig schütteln«, sagten die Leute.

Immer wieder konnte man sich über die Geschichte amüsieren. Da konnte Sarg-Hermann noch so oft allen versichern, dass so etwas bei ihm nicht vorkomme. Bis er zum Schluss rief: »Eine Runde für alle meine Kunden.«

Dann schauten sich alle verstohlen an, und manch einer fragte sich, ob er vielleicht der Nächste sein könne.

Die Hölle hat gebrannt

Schnell wurde Leos Kneipe ein wichtiger Teil im Leben der Menschen. Ein Segen für die einen, ein Ort des Anstoßes für die anderen. Als der katholische Pfarrer in seiner Abendandacht den anwesenden Gläubigen mitteilte:»In der Hölle hat es heute Nacht gebrannt«, da wussten alle, dass Leos Kneipe damit gemeint war.

Leo hatte mal wieder nach Kneipenschluss im Bett eine Zigarette geraucht und mit herabfallender Glut das Oberbett in Brand gesetzt. Er war wohl eingeschlafen, aber so genau ließ sich das nicht mehr rekonstruieren. Ihm blieb nichts anderes, als das brennende Oberbett schleunigst aus dem Fenster im zweiten Stock zu werfen. Ein Nachbar hatte all das gesehen und sofort die Ortsfeuerwehr alarmiert. Als die mit Tatütata erschien, war das Schlimmste schon vorbei. Die Männer untersuchten Leos Bett und Schlafzimmer, um eventuell noch etwas Glimmendes zu entdecken. Aber da war nichts mehr.

Und wo sie nun einmal schon hier waren, dem Bier und Schnaps so nahe, machten sie diesbezügliche Bemerkungen, und Leo blieb schließlich nichts anderes übrig, als den langen Weg nach unten anzutreten, die Kneipentür aufzuschließen und den Feuerwehrmännern, die er alle kannte, großzügig einzuschenken. Das war gegen halb vier morgens, als Bäcker Quintin anfing, den Brötchenteig zu mengen und zu kneten. Und als die Feuerwehrmänner nach ein paar Schnaps und Bier und lauten Ermahnungen Leos Kneipe verlassen hatten und sie einigen Hunger verspürten, da war es naheliegend, in Quintins Backstube einzufallen. Der machte den Männern ein paar frische Brötchen mit Käse. Und es gab einiges zu erzählen. Und die Ehefrauen der Feuerwehrmänner sorgten später dafür, dass der Brand in der»Hölle« in Windeseile in aller Munde war.

Der formvollendete Alex

Fünf Uhr nachmittags. Leo hatte den Rest der Tageszeitung gelesen und den Kaffee aus der Thermoskanne geleert. Er schloss die Kneipentür auf und musste nicht lange warten. Alex keuchte in die Kneipe. Alex war seit zwei Jahren »in Rente« und arbeitete nebenbei als Kellner in einer Speisegaststätte am Ort. Das tat er wohl nicht unbedingt des Verdienstes wegen, sondern weil er die Auftritte liebte, sie genoss wie ein Schauspieler seine Bühne. Er trug dann einen schwarzen Anzug, dazu ein weißes Hemd und eine große schwarze Fliege. Im Gegensatz zu vielen seiner Kellnerkollegen tat er seinen Kellnerdienst immer in makelloser Garderobe. Bevor es mit der Arbeit losging, wollte er sich noch ein Schnäpschen bei Leo gönnen. Das war ein lieb gewordenes Ritual geworden.

Alex gehörte zu den Männern mit dem Schnapsmündchen, bei ihm in besonderer Ausprägung. Dazu kam eine weitere persönliche Marotte: Er klemmte das Schnapsglas zwischen Zeigefinger und Mittelfinger ein, hielt die Hand gestreckt und führte den Schnaps würdig dem Munde zu, wobei der gespitzte Mund sich dem Schnaps entgegenstreckte, ihn sozusagen abzuholen schien. Manche kamen eigens in Leos Kneipe, um das Schnapstrinkzeremoniell von Alex zu beobachten und sich darüber zu amüsieren.

Nach den Stunden des Servierens und Bedienens konnte er es meist nicht lassen, noch einmal bei Leo »reinzuschauen«, wie er sagte. Leos Kneipe war zu diesem Zeitpunkt gefüllt. Und Alex steckte so sehr in seiner Kellnerrolle, dass er sie einfach weiterspielte. Er bediente die Gäste an den zwei Tischen und drängte sich durch die Stehenden hindurch, das Tablett hoch über deren Köpfe balancierend. Das kostete keinen Aufschlag und Alex erwartete auch kein Trinkgeld. Er genoss einfach die

Rolle mit all den Verbeugungen und der betont freundlichen Ansprache. Auch Leo hatte seinen Spaß daran, war er doch ohnehin wie Alex allem Theaterhaften und der Schauspielerei zugetan. Was Alex allerdings erwartete, war der Schnaps zwischendurch, der Sprit, sozusagen, der ihn in Gang hielt. Seine Frau hielt es mit dem Kaffee. Sie verkaufte Kaffeebohnen, heiß begehrt in der schlechten Zeit. Und keiner fragte nach, wie und auf welchem Wege der Kaffee zu ihr gekommen war. »Die hat ihre Beziehungen«, hieß es immer. Sie verkaufte den Kaffee per Lot. Auch ein halbes Lot konnte man bei ihr kaufen. Dafür hatte sie einen Messbecher, der immer blank geputzt war.

Der Trick vom roten Gerd

Alex konnte an Leos Theke endlos lange stehen, auch Jakob, Jenna und Gerd standen wie eine Statue, ebenso Pinsel-Willi. Sie alle standen bis zum Umfallen. Manchmal gesellte sich der rote Gerd dazu und stand mit den anderen um die Wette. Dann kam es vor, dass er ohne Ankündigung und ganz plötzlich umfiel und auf die Holzdielen krachte. Das war geübt und klappte, ohne dass sich der rote Gerd verletzte. Dann war ihm die Aufmerksamkeit der anderen sicher, und alle kümmerten sich um ihn, halfen ihm wieder hoch und versuchten, ihm einen Schnaps einzuflößen, um ihn wieder zu vermeintlichem Bewusstsein zu bringen.

Auf den Schnaps hatte es der rote Gerd abgesehen. »Jetzt geht es mir schon wieder viel besser«, sagte er dann.

Als alle in Leos Kneipe das Spielchen durchschaut hatten, fiel er nur noch um, wenn unbekannte Gäste in der Kneipe waren. Das waren dann Leute von den Schiffen, die im Hafen mit Kohle oder Erz beladen wurden. Die Wartezeiten wurden gerne in den Kneipen des Städtchens überbrückt. Manchmal kamen auch Leute von der gegenüberliegenden Rheinseite, die für einen Kneipenbesuch übersetzten, aber die letzte Fähre nicht verpassen durften. Gerne gaben die Gäste den Schnaps, waren sie doch Zeugen eines unerwarteten Spektakels geworden. Das war ihnen ein oder zwei Schnäpse wert.

Als ganz junger Kerl war der rote Gerd zum Militär eingezogen worden. Seitdem schwärmte er von den französischen Mädchen, die ihn angehimmelt hätten, mit denen er Champagner getrunken hätte. Und er erzählte, wie er so manches Mal nächtlichen Unterschlupf bei Arienne oder Jeannette gefunden und sie dafür auch belohnt habe. Er hatte ein halbes Dutzend französischer Mädchennamen parat, den anderen

Gästen waren sie längst geläufig. Die Geschichten wurden immer verwegener, aber das nahm ihm keiner übel, im Gegenteil. Seine Geschichten gaben immer genügend Anlass für würzige Kommentare, und das hielt die Kneipenunterhaltung in Gang. Das brachte Farbe in die Kneipe in einer Zeit, in der die Grautöne vorherrschten. Willis Rotwein und die französischen Geschichten vom roten Gerd, das waren wichtige Farbtupfer.

Überläuten

Als Leo um Punkt elf Uhr seine Kneipe aufschloss, hörte er das Läuten der Totenglocke vom Turm der Kirche nebenan. Ein Toter wurde »überläutet«, der Tod wurde den Einwohnern des Städtchens auf diese Weise mitgeteilt. Die Glocke sagte aber lediglich, dass einer gestorben war, nicht wen es getroffen hatte. Und genau das war es, was die Menschen interessierte, und sie fragten so lange, bis sie es erfuhren und als Neuigkeit weitergeben konnten.

Leo saß zwar nahe an der Totenglocke, aber schnellere und bessere Informationen hatte er auch nicht. Aber als Männi, der Krankenpfleger, die Kneipe betrat, richteten sich aller Augen auf ihn. Der würde am ehesten etwas wissen. Viele Kranke im örtlichen Krankenhaus gingen durch seine Hände, oft war er einer der Letzten, der einen Menschen noch lebendig sah.

Als sich die Kneipe füllte, wurde die Nachricht von Gast zu Gast weitergegeben.

Und als schließlich auch noch Sarg-Hermann die Kneipe betrat, hofften alle, noch ein bisschen mehr zu erfahren.

Sarg-Hermann enttäuschte sie nicht, konnte noch Information draufsetzen. Dass die Tote sich selbst den Sarg ausgesucht hätte und dem Pastor den Predigttext für die Traueransprache aufgetragen hätte und die Lieder, die gesungen werden sollten. Und zur Nachfeier sollte es Bienenstich zum Kaffee geben und am Schluss für alle Schnaps, so viel sie wollten.

Evangelische Kirche - Fotomontage von Alexander Kirberg, 2005

Das war mehr Information, als man hätte erwarten können. Danach ging es um den Ehemann, den die Verstorbene hinterließ. Ob der denn wohl alleine zurechtkäme. Da seien zwar noch die Kinder. Aber die wohnten weit weg und seien immer schon eher selten gekommen. Dann ging es noch einmal um das Bösartige der Krankheit schlechthin. Fast immer wurde abgeschlossen mit der Bemerkung, der jeder zustimmen konnte: »Die beste Krankheit taugt nix.«

Nach so viel Tod und Reden darüber musste ein Schlussstrich gezogen werden. Und diesen Strich konnte man am besten mit einer Runde Schnaps ziehen. Der ließ andere Gedanken aufkommen. »Eine Schnapsrunde für alle meine Kunden!« Und alle lachten beklommen. Jeden Schnaps sollte man sich auf der Zunge zergehen lassen, bevor man in Sarg-Hermanns Kiste landete, meinte einer.

Knochen für die Kneipe

Als eines Tages in Leos unmittelbarer Nachbarschaft, gleich neben der Kirche, gegraben und gebuddelt wurde, da konnte Leo das alles von seinem Ausguck aus beobachten. Die Grenzmauer, die man einst rund um den Kirchhof errichtet hatte, wurde abgerissen. Dabei kamen Knochen und Schädel der beerdigten Toten ans Licht. Und ehe der Pfarrer eingreifen und verfügen konnte, dass die Knochen und Schädel gefälligst zu sammeln seien, damit sie später in einem Sammelgrab erneut beigesetzt werden könnten, hatte Leo mit einem der Arbeiter durch das geöffnete Fenster Kontakt aufgenommen und um zwei kräftige Oberschenkelknochen und einen Schädel gebeten. Und beide sollten zusammengehören, obwohl, das könne ja doch keiner überprüfen, korrigierte er sich. »Iss eigentlich auch egal, kriss auch en Schnaps unn en Bier.«

Der Mann willigte ein: »Kannze aussuchen.«

Leo hatte etwas Verrücktes im Sinn: Er wollte seiner Kneipe, die immer noch keinen richtigen Namen hatte, einen ausgefallenen Namen geben: »Zu den alten Knochen«, wegen der Friedhofsnachbarschaft. Die Idee war ihm gekommen, als er die Arbeiter bei ihrer Buddelarbeit beobachtete.

Er versteckte die Knochen fürs Erste unten im Gläserregal. Als zwei Tage später Sarg-Hermann die Kneipe betrat, legte Leo die Oberschenkelknochen auf die Theke vor ihm. Aber den Schädel hielt er unter Verschluss. Irgendetwas würde er damit schon anfangen können. Und irgendwo im Hinterkopf hatte er den Totenschädel aus Shakespeares »Hamlet«. Irgendetwas in dieser Richtung würde er damit machen.

So spielte Karl

Es war Sonntag und kurz vor zehn Uhr morgens. Die Glocken läuteten schon eine Viertelstunde. Der Organist Karl kam wieder auf den letzten Drücker. Aber da war keine Spur von Eile. Schwerfällig strebte er dem Kirchenportal zu. In einer halben Minute würde er die versammelte Gemeinde mit einem Orgelforte aufschrecken. Das tat er gerne. Selbst bei geschlossener Kirchentür konnte Leo das Eingangsforte hören, wartete immer schon darauf, auch auf das Singen des Eingangsliedes. Karl spielte auch das Piano famos und seine Fantasietangos waren legendär. Er dirigierte den Kirchenchor und den traditionsreichen Männerchor, und wenn er irgendwo auf ein Klavier stieß, dann konnte er nicht widerstehen. Sein Bierglas setzte er gerne auf den oberen Tasten des Instruments ab, trank zwischendurch einen Schluck und spielte mit einer Hand weiter. Oder er schlug die Tasten unter dem Glas an, wobei das Glas dann gefährlich wackelte. Das war der Moment, auf den die Zuhörer warteten.

Leo verfolgte aus der Ferne, aber doch in Hörweite, den musikalischen Teil des Gottesdienstes, Orgelspiel und Gemeindegesang. Dafür öffnete er immer das Fenster, mochte es draußen noch so kalt sein. Er war kein Kirchgänger, aber hatte auf seine Art Kontakt mit dem sonntäglichen Gottesdienst, ein Zaungast, von dem Pfarrer und Gemeinde nichts ahnten. Jedes Lied, das der Kirchenchor im Verlauf des Kirchenjahres sang, kannte Leo. Er wusste genau, welche Lieder er zu Weihnachten, Ostern oder Pfingsten erwarten konnte.

Nach der Kirchenchorprobe am Dienstag trieb es einige Sänger meistens noch in die nahe Kneipe von Leo und dann wurde es oft spät. Dann traf es sich nicht selten, dass alle vier Stimmen vertreten waren, Sopran, Alt, Tenor und Bass. So erklang dann kurz vor Mitternacht noch ein Bachchoral in Leos Kneipe, zu hören bis draußen, und alle wussten, wer jetzt unter Leos Gästen war. Auch zu einem Schlager ließen sich die Sänger hinreißen und die Stimmen pendelten sich ein, noch besser nach ein paar Schnäpschen oder Likörchen. Auch Bella, Leos gute Seele, gehörte zum Kirchenchor, wo sie die Altstimme sang.

Des Stadtchefs heiseres Sprachrohr

Pitt Schnauze hatte auf dem Markt neueste Meldungen des Stadtdirektors ausgerufen, er war sozusagen des Stadtchefs heiseres Sprachrohr. Jeder wusste, dass das laute Verkünden für Pitt Schnauze eine körperliche Qual war, denn das Ausrufen ging an die Grenze seines Stimmvolumens. Aber der Stadtdirektor hatte ihn nun mal für den Posten ausgesucht. Wenn er nicht ausrief, und das war die meiste Zeit, dann war er »Stadtsoldat«, wie die Arbeiter genannt wurden, die das Städtchen sauber hielten und dafür tagtäglich auf den Straßen unterwegs waren. Pitts Nachrichten waren knapp formuliert, betrafen die Freigabe des zugefrorenen Kuhteichs für Schlittschuhläufer und Eishockeyspieler genauso wie die Verlegung der Müllabfuhr oder das Schmücken der Häuser für das kommende Schützenfest.

»Pitt, trink erst mal en Schnaps. Dann kannst du anfangen«, rief Leo durch das geöffnete Fenster zum Markt hinüber, aber das hatte Pitt nicht gehört. Fünf oder sechs Menschen blieben stehen, um sich Pitts Botschaft anzuhören. Und Pitt konnte sicher sein, dass diese fünf oder sechs die Botschaft im Handumdrehen weitergeben würden. Das ging schon im nächsten Lebensmittelgeschäft los.

Pitt Schnauze gehörte nicht zu den Gästen, die Leos Kneipe aufsuchten. Er gehörte zu der Gattung Männer im Ort, die eine Kneipe eher mieden. Aber das waren nicht allzu viele. Doch es hieß auch, er könne leckere und süffige Obstweine herstellen. Ja, auch solche Dinge wusste man. In einem Ort von knapp dreitausend Einwohnern ließ sich nicht viel geheim halten.

Fernsehlose Zeit

Die Fünfzigerjahre waren noch fast fernsehlos. Damals gaben sich die Menschen im Ort anderen Abendtätigkeiten hin. Und für viele Männer gehörte der Besuch der Kneipe dazu. Manche suchten auch Draußenvergnügungen. Das war der abendliche Gang um die Stadt. »Einmal um die Stadt« war ein geflügeltes Wort. Das dauerte bei einem guten Schritt eine halbe Stunde. Manche trugen abends die Stühle nach draußen, so wie der Drogist des Städtchens mit seiner gesamten Familie. Dann saßen sie zu sechst aufgereiht vor ihrer Drogerie und ließen die Straßenszenerie an sich vorbeiziehen. Sie konnten auch sehen, wer in Leos Kneipe hineinging und wer herauskam. Sie grüßten unisono. Der eine oder andere blieb bei ihnen stehen. Dann kam es zu einer kurzen Unterhaltung. Die ging immer mit »Naamdzam« los. Dann ging es um das Wetter. Die Nachrichten aus dem Ort waren begehrt. Wem die Frau weggelaufen, wer gestorben war und wer sich vor lauter Verzweiflung im Rhein ertränkt oder im Schuppen erhängt hatte, wobei man auf die Anwesenheit der Drogistenkinder Rücksicht nahm.

Leo hätte solche Szenen gerne verfolgt, so aus der Entfernung. Aber das war unmöglich, herrschte doch um diese Zeit Hochbetrieb in seiner Kneipe.

Als sich dann eine Fabrik für Fernsehgeräte in einer leer stehenden Tabakfabrik einquartierte, um Geräte zu bauen, die man ab Fabrik als zweite Wahl preiswert kaufen konnte, da war es mit dem abendlichen Sitzen auf dem Bürgersteig vor dem Haus vorbei. Jetzt blieb man in seinem Wohnzimmer und schaute alles, was das karge Programm hergab.

Die ersten Geräte standen in den Gastwirtschaften und am Samstagabend pilgerten Familien mit Kind und Kegel in ihre bevorzugte Kneipe, um gemeinsam mit anderen Peter Frankenfeld schwarz-weiß kariert zu sehen, schwarz-weiß wie das ganze Fernsehen.

Es gab überhaupt wenig Farbe zu dieser Zeit. Grau herrschte vor. Dann kam zum Vanille- und Schokoladeneis das Erdbeereis hinzu. Diese Neuigkeit verbreitete sich wie ein Lauffeuer. Und als eine Dame, die sie alle Mary nannten, von der es hieß, sie sei früher Tänzerin gewesen, als diese Dame ihre Lippen mit einem grellen Rot bemalte, da kam noch mehr Farbe in die Stadt. Und der Drogist bot auf einmal Lippenstifte an und viele Frauen im Ort taten es Mary nach.

Mary führte eine Gaststätte und bereitete kleine Speisen zu. An ihrem Ruhetag verschlug es sie schon mal in Leos Kneipe. Dann hatte sie ihre Schwester und eine weitere Dame dabei, und einmal, als es schon später war, soll sie in Leos Kneipe ihr tänzerisches Können gezeigt haben. Die Männer in der Kneipe waren dicht zusammengerückt, um ihr eineinhalb Quadratmeter Raum zu lassen. Mehr brauche sie nicht. »Aber haltet die Finger bei euch«, hatte sie gesagt. Einige behaupteten, sie habe danach auf dem runden Tisch weitergetanzt und drei Männer hätten den Tisch festgehalten. Aber das ist nicht so ganz verbürgt. Sekt hatte es zu trinken gegeben, und einige der Männer hatten zum ersten Mal in ihrem Leben von dem perlenden Gesöff getrunken, von dem sie meinten, es sei etwas für die Besseren. Leos ganzer Vorrat, drei Flaschen »Schampus«, wie Mary das Zeug nannte, war an dem Abend draufgegangen.

Leos Liebe zur Klassik

Leo mochte klassische Musik: Bach, Monteverdi, Vivaldi, Beethoven. Besonders Opernchöre. Einer der Ärzte in dem Schweizer Sanatorium hatte Leos stille Neigung zur klassischen Musik erkannt und er nahm ihn mit in sein Behandlungszimmer, wo er ein Radio und einen Plattenspieler hatte. Dann hörten sie gemeinsam, was der Arzt vorschlug oder was Leo sich wünschte. Diese Momente waren leuchtende Punkte in Leos gleichförmigem Sanatoriumsalltag und hielten eine ganze Weile vor. Gerne wäre Leo zur Bühne gegangen oder wäre Dirigent geworden, aber er kannte ja seine körperliche Beschränkung. So blieb ihm nur das passive Erleben. An seinem fünfzehnten Geburtstag nahm der Arzt Leo mit zu einer Aufführung des »Fliegenden Holländer« im Züricher Theater. »Steuermann, lass die Wacht, Steuermann, her zu uns …, das hing ihm noch lange in den Ohren. Er summte es nach, alles, woran er sich noch erinnern konnte. Und schon waren die Bilder wieder da.

Irgendwann hatte der Arzt ein weiteres Radio aufgetrieben und es Leo ins Krankenzimmer gestellt. Wenn klassische Musik im Radio gesendet wurde und Leo sich unbeobachtet glaubte, dann setzte er sich im Bett auf und dirigierte das imaginäre Orchester oder den Opernchor. Dann war er weg aus der Krankenzimmerwelt und hatte um sich den Konzertsaal oder das Theater. Er summte die Melodie mit, und das tat ihm gut. Das wallte durch seinen Körper, brachte seine Blut und jede Körperzelle in Schwung.

Leo hatte zwar in seinem Schlafzimmer unter dem Dach einen Plattenspieler der einfachen Art, die meiste Zeit verbrachte er jedoch unten in seiner Kneipe, allein oder mit seinen Gästen. Es ging ihm um die Zeit, die er allein in der Kneipe hatte. Da wollte er sich mit klassischer Musik umgeben und den kleinen Raum zu einem riesigen Konzertsaal oder Theater anschwellen lassen. Er dirigierte, sang oder summte mit und war damit Teil der musikalischen Aufführung.

Oft noch erklang die Musik, wenn ein früher Gast an die Kneipentür klopfte. Dem Gast entfuhr dann eine Bemerkung wie: »Leo, so was hörst du dir an?«

»Das ist die einzige vernünftige Musik«, sagte dann Leo, der für die gängigen Schlager nicht viel übrig hatte, diese Tangos und langsamen Walzer, die dem einfachen Menschen das Gemüt erheiterten. Zu verstehen war das alles zwar schon: die Entbehrungen während des Krieges, die harte Zeit mit den Lebensmittelmarken in den Jahren danach. Das wenige Geld, die zerstörten Häuser um einen herum. Das kann der Mensch so geballt nicht ohne Ausgleich ertragen. Und ein solcher Ausgleich waren die Schlager, ihre Komponisten hatten ein gutes Gespür dafür, was der Mensch so brauchte. Illusionen: Sonne, Wasser, Südseeinseln, Wein und Boote im Wind. Das alles verpackt in eingängige Texte und Melodien.

Nun war es ein Problem, wie und wo ein Plattenspieler in der Kneipe aufzustellen wäre. Eigentlich war kein Platz da. Doch Schreiner Gerd kam auf eine pfiffige Idee: »Leo, wir bringen ein Brett an der Wand an und stellen den Plattenspieler darauf.«

Der geeignete Ort wurde gefunden, rechts von der Tür, aber hoch genug. Leo finanzierte die Anschaffung des Plattenspielers, Schreiner Gerd schreinerte das Brett und brachte es an der Wand an. An dem Abend waren seine Biere und Schnäpse frei.

Leos Schellackplatten ließen Stücke klassischer Musik und Opernchöre erklingen. Aber das war nicht das, was die Gäste in der Kneipe hören wollten. Und als Leo den Gefangenenchor aus Nabucco auflegte, da war das nicht nach dem Geschmack der meisten. »Leo, nich so was Ernstes«, sagte Jenna.

Und Leo antwortete: »Du hast ja keine Ahnung von guter Musik.«

Dann brachte Willi eine Platte mit Tangos mit und gleich dazu eine Dreiliterflasche Rotwein. Leo legte die Platte auf. So etwas hatte die Plattenspielernadel noch nicht abgespielt. Auf einmal füllten florentinische Nächte und roter Wein und die weißen Segel schlanker Boote den Raum. Und die Männer, die an Leos Theke standen, wiegten sich im Rhythmus der Tangos. Den Rotwein tranken sie in viel zu großen Schlücken, so wie sie Bier zu trinken gewohnt waren. Pinsel-Willi bekam das Aufstoßen und verlangte nach Natron gegen Sodbrennen. Neue Töne in Leos Kneipe. Und schon bald konnten viele die Texte der Schlager mitsingen oder Teile davon. Eine neue Unterhaltungsqualität hatte in Leos Kneipe Einzug gehalten.

Den Plattenspieler bediente Leo immer selbst, ließ keinen anderen an den Apparat ran. Am schönsten war es, wenn Mary mal wieder in der Kneipe war und nach einem oder zwei Gläschen Schampus ihr Kleid etwas hochraffte und zu einem Tango solo tanzte auf engstem Raum. Alle wollten eine Zugabe und noch eine. Aber als Alex mit ihr tanzen wollte und sich ihr mit ausgestreckten Armen näherte, da schlug sie ihm auf die Finger. Alex zog sich beleidigt zurück und sprach eine Zeit lang kein Wort, führte nur das Schnapspinnchen an seinen zugespitzten Mund. »Eingebildetes Weib«, soll ihm allerdings noch entfahren sein, das jedenfalls wollte einer gehört haben.

Vorhang auf für die Gäste

Leo hatte keinen Ruhetag. Seine Kneipe war an sieben Tagen in der Woche geöffnet. Erst ein paar Jahre später führte er den Dienstag als Ruhetag ein. Das wurde dann sein Theatertag, aber davon später. Man muss wissen, dass für Leo die Kneipe kein Arbeitsplatz war, sondern sein Wohnzimmer, in dem er immer viele Gäste zu Besuch hatte. Nicht immer alle angenehm, aber die meisten waren ihm wie liebe Freunde und Bekannte.

Es half ihm, die Kneipe wie eine Bühne zu sehen, auf der jeder seinen Auftritt und seinen Abgang hatte. Und es machte Leo Spaß, das Verhalten von Menschen, die er seit Langem kannte, vorherzusehen. Denen er oft ein Stichwort zuwarf, wie ein Souffleur im Theater, und die dann in der kalkulierten Weise reagierten. Dann fühlte er sich wie ein Regisseur, der die Schauspieler am Fädchen hatte. Und wenn die Spieler so spielten, wie Leo es wollte, dann schuf das in ihm eine bestimmte Zufriedenheit, die ihm guttat.

Manchmal wurde die eingespielte Theatertruppe durcheinandergebracht, wenn nämlich ein Fremder oder eine Gruppe Fremder den Weg in Leos Kneipe fand. Dann gab es zwei grundsätzliche Möglichkeiten: Entweder die Fremden gaben zu erkennen, dass sie bereit waren, sich einzugliedern. Dafür gab es dann untrügliche Signale, die alle richtig zu deuten wussten. Oder die Fremden machten spitze Bemerkungen oder provozierten die Spieler mit Heimrecht. Es folgten Wortgefechte, die nicht selten in einer richtigen Schlägerei ausarteten. Dabei ging es doch nur um Nichtigkeiten, aber der Schnaps regte die Gemüter so an, dass die Hemmschwelle zur Tätlichkeit niedrig war. Leo verließ dann seinen angestammten Platz hinter der Theke und sprach ein Machtwort. Und wenn das nicht half, verwies er die vermeintlich Schuldigen der Kneipe. Der Herausgeworfene konnte durchaus auch einer seiner Stammgäste sein. Da war Leo ein gerechter Richter.

Fremde, die in die Kneipe kamen, hatten meistens etwas mit dem Rhein zu tun. Sie waren entweder Paddler, die in den Rheinwiesen zelteten und im Ort ein Bierchen trinken wollten, oder Leute von den Schiffen, die Kohle, Erz oder andere Güter brachten oder von hier mitnahmen. Oft waren es unrasierte, muskulöse Gestalten, die sich in der Kneipe breitmachten und dazu noch einen Dialekt sprachen, der im Ort nicht so leicht verstanden wurde. Sie tranken Bier aus großen Gläsern und mischten sich ungeniert in die Unterhaltungen ein. Sich mit ihnen anzulegen, erforderte etwas Mut. Manch einer hatte diesen Mut, wusste er doch seine Ortskumpanen im Rücken, die ihm im Zweifelsfall beistehen würden.

Manchmal schickte Leo die Streithähne vor die Tür. Bei leichteren Fällen war das nicht nötig. Aber auch Dr. Kräh hatte schon gerufen werden müssen, zum Beispiel als es einen Nasenbeinbruch gab und einmal bei einer schweren Fleischwunde, als jemand durch ein Glas verletzt worden war. Wenn Dr. Kräh die erste Versorgung geschafft hatte, trank er erst einmal einen Schnaps. Das war seine Entlohnung. Und wenn Dr. Kräh wieder ging, rief er allen zu: »Und reißt euch demnächst zusammen!« Aber eine solche Ermahnung hielt nicht lange. Das wusste Dr. Kräh auch.

Tausch und Hauschelei

Leos Beinverkürzung war enorm und er hinkte stark. Das Gehen in dieser Weise war einfach mühsam. Mit dem verkürzten Bein hatte er nur mit Zehen und Ballen Bodenkontakt, wohl ähnlich den Damen mit hochhackigen Pumps. Dabei entstand eine starke Anspannung von Sehnen und Muskeln. Wenn Leo eben konnte, ging er dem Gehen aus dem Weg. Und als Kneipier spielte sich, Gott sei Dank, der Tag für ihn hauptsächlich hinter der Theke ab. Wenn Getränke an die Tische zu bringen waren, bat er gerne einen Gast, das für ihn zu tun:»Stell mal eben rüber.« Meist musste er gar nichts sagen. Das war eingespielt. Um hinter der Theke nicht in der gebückten Ruhestellung zu bleiben, hatte Leo eine Technik entwickelt, die es ihm gestattete, relativ entspannt zu stehen. Er lehnte sich an den Gläserschrank, zog das verkürzte Bein an und stand fest auf dem gesunden Bein. So konnte er es, wenn es sein musste, stundenlang aushalten. Dann wirkte er groß und man bekam eine Vorstellung von seiner natürlichen Körpergröße. Doch ging das nur, bis er den Zapfhahn betätigen oder Schnaps einschenken wollte. Dann musste er für kurze Zeit die Hochposition verlassen, um danach wieder froh zu ihr zurückzukehren. Die Position der Entspannung, bei der er vorübergehend schmerzfrei war, wirkte sich nicht nur auf das körperliche Wohlbefinden aus. Er war dann auch seelisch entspannt. Das waren die Phasen, in denen er Witze erzählte, seine Gäste auch mal anpflaumte, was zum gängigen Umgangston in einer Kneipe gehört.

Für den Fuß seines verkürzten Beins hatte Leo einen Schuh im Schuh, der ihm von einem orthopädischen Arzt verschrieben worden war. Der Innenschuh war eigentlich ein halber Schuh, die hintere Hälfte, ausgestattet mit einem dicken, keilförmigen Absatz, der die Verkürzung etwas vermindern und dem belasteten Fuß insgesamt Halt geben sollte. Da Leo dieses Teil ständig trug, wurde der Innenschuh stark strapaziert und war dem Schweiß und der natürlichen Körperwärme ausgesetzt. Leo war froh, dass sich Schuhmacher Hein von schräg gegenüber, dem er ins Ladenschaufenster schauen konnte, der Prothese annahm, wenn eine Reparatur anstand. Das musste schnell gehen, denn Leo konnte nicht lange ohne die Prothese sein. Immer wieder wurde die Prothese geflickt, und Hein sagte dann:»Leo, du musst dir mal eine neue Prothese verschreiben lassen.« Und dann flickte er sie doch noch einmal.

Hein verlangte kein Geld für die Reparatur, gab sich mit ein paar Bier und Schnaps zufrieden. Diese Art von bargeldloser Begleichung steckte den Menschen noch in den Knochen. Denn die Zeiten des »Kompensierens«, des Hauschelns und Tauschens, waren ja noch nicht lange vorbei. Hein hatte zum Beispiel das Holz für das Dach auf seinem Haus durch einen Tausch gegen Speck erstanden. Den Speck wiederum hatte er für die maßangefertigten Schuhe einer Bauersfrau bekommen. Da Nahrungsmittel in den Jahren nach dem Krieg besonders gefragt waren, hatten die Bauern oft eine privilegierte Position. Und so kam es, dass mancher Bauer auf einmal drei Pianos sein Eigen nannte.

Hein erzählte in Leos Kneipe oft von solchen Dingen, denn er hatte mit den Bauern aus den Dörfern viel zu tun. Die Bauern und ihre Frauen waren viel auf den Beinen und ihre Füße besonders belastet. Das zog Deformationen nach sich, die maßangefertigte Schuhe nötig machten. Um Maß zu nehmen, fuhr Hein mit dem Fahrrad die drei Kilometer ins Dorf und hatte Einblick in die Häuser der Bauern und ihren Besitz aufgrund von Tauschgeschäften. Ihm entging nicht, dass ein Bauer drei Klaviere herumstehen hatte und so viele Wanduhren, dass er damit einen Laden hätte eröffnen können. Von dem nicht

Sichtbaren wie goldenen Ketten, Broschen und Ringen ganz zu schweigen.

Wenn sich ein Bauer oder seine Frau entschloss, ein paar maßgefertigte Schuhe in Auftrag zu geben, dann rückte Schuhmacher Hein mit seinen Maßutensilien an oder die Bauern kamen zu ihm. Lieber hatten sie es jedoch, dass er zu ihnen kam. Das war für Hein auch eine Gelegenheit, seinen alten Freund Jan, den Bäcker und Kolonialwarenhändler aus dem Dorf, einen Besuch abzustatten, was natürlich hieß, dass man zusammen Bier und Schnaps trinken wollte und von den alten Zeiten erzählte.

Heins Maßutensilien bestanden aus einem Stück saugfähiger Pappe, Blaupapier und Kopierstift. Das Pappstück wurde angefeuchtet, das Blaupapier daraufgelegt und der Fuß aufgesetzt. Mit dem Kopierstift wurde der Umriss des Fußes nachgezogen, Länge und Breite an mehreren Stellen gemessen, aber auch die sehr wichtige Fristhöhe. Diese Angaben waren die Grundlage für den persönlichen Leisten des Kunden. Ein Rohleisten wurde modelliert, indem man hier etwas abschliff und an anderen Stellen mit Sohlenleder Fehlendes aufsetzte, um es dann glatt zu schleifen. Links und rechts wurden die Leisten so modelliert. Häufig genug unterschied sich der linke vom rechten Fuß in den Abmessungen. Dann erst ging es an das eigentliche Bauen der Schuhe. Alles in allem ein langwieriger Prozess, zeitraubend und aufseiten des Schuhmachers viel Geschick und handwerkliches Können erfordernd. Verständlich, dass auch viel Einfühlungsvermögen des Schuhmachers eine große Rolle spielte. Und nicht selten kam es vor, dass ein Bauer, dem für seine schwierigen Füße das passende Paar Schuhe angefertigt worden war, dass ein solcher Bauer so außer sich vor Freude war, dass er Hein, den Schuhmacher, zu ein paar Schnaps nötigte, selbst natürlich mittrank und zusätzlich zur Entlohnung noch Wurst aus der eigenen Schlachtung dazugab. Von solchen

Begebenheiten erzählte dann Hein in Leos Kneipe und alle hörten zu. Auf diese Art wusste jeder über jeden und was er tat und trieb Bescheid.

Drei Damen in der Kneipe

Drei Damen gab es im Ort, die ein ähnliches Schicksal zusammengebracht hatte. Zwei von ihnen hatten ihren Ehemann im Krieg verloren, ihre Kinder allein großziehen müssen. Die andere, eine schmale Lange, war nie verheiratet gewesen, hatte ihren alten Vater lange gepflegt, der irgendwann gestorben war und sie allein zurückließ. Die schmale Lange verdiente sich durch Putzen ein bisschen und lebte ansonsten von den nicht üppigen Ersparnissen ihres Vaters. Die beiden anderen hatten ihre Witwenrente. Sie trafen sich alle zwei Wochen, um Bier und Schnaps zu trinken wie die Männer. In der Zeit des Vollmonds waren sie drei Abende hintereinander unterwegs. »Ihr Töchter der Nacht«, sagte dann Leo, »was kann ich für euch tun?«

»Tu uns ein Gedeck«, sagten sie mit ihren heiseren, rauchgebeizten Stimmen, das war ein Bier und ein Klarer. Likörchen, Wiener Kaffee oder Danziger Goldwasser, wie es sich eigentlich für Frauen schickte, die von ihren Männern in die Kneipe mitgenommen wurden, die tranken sie nicht. Wenn sie in Leos Kneipe einfielen, machten sie sich richtig breit und die Männer mussten zusammenrücken. Manchmal setzten sie sich an den Tisch, um Skat zu spielen, und die schlauen Ratschläge der Männer wurden von ihnen schlagfertig pariert: »Wer spielt hier, du oder ich?«

Sie waren die einzigen Frauen im Ort, wenn man von Mary, der Tänzerin, und ihrer Schwester einmal absah, die ohne Männerbegleitung die Kneipen besuchten.

Wenn Leo einen Tango auflegte oder einen langsamen Walzer, konnten die drei sicher sein, dass irgendeiner der Männer sie zum Tanzen aufforderte. Was praktisch kaum ging in der Enge der Kneipe. So sprang denn eine von ihnen eines Abends auf den runden Tisch und der rote Gerd sprang hinterher und die beiden tanzten erhöht auf der kleinen Bühne. Fünf Männer hielten den Tisch, der sonst leicht hätte umfallen können. Die anderen in der Kneipe klatschten im Takt. Als Mary, die Tänzerin, davon erfuhr, zog auch sie es vor, ihre Tanzschritte, die ungleich kunstvoller waren als die der drei Damen, auf dem runden Tisch zu zeigen. Das liebten die Männer, denn die Schenkel, die sie während des Tanzens zu einem großen Teil freigab, waren nun zum Greifen nahe.

Weihnachtseinkäufe à la Orsoy

An den letzten vier Sonntagen vor Weihnachten durften die Geschäfte nachmittags öffnen, damit die Menschen, vor allem aus den Dörfern, in Ruhe ihre Weihnachtsgeschenke kaufen konnten. Pille, der Drogist, verkaufte dann Weinbrand und gute Liköre in Geschenkkartons und Melissengeist, der für alles Äußere und Inwendige gut sein sollte, in Schmuckflaschen. Schuhmacher Hein verkaufte Pantoffeln mit bunten Pompons, beliebte Geschenke, wenn einem sonst nichts Besseres einfiel. Grete in ihrem Textillädchen hatte sich mit Seidenkrawatten für die Herren und teuren Halstüchern für die Damen eingedeckt. Der Tabakladen von Kunn bot Havanna-Zigarren mit Weihnachtsbanderole an, die nur vor Weihnachten gekauft wurden und manches Festessen abschlossen. Tannensträuße und dicke bunte Christbaumkugeln lagen in den Schaufenstern und Leo konnte von seinem Ausguck aus das vorweihnachtliche Treiben gut beobachten.

Manch einer, der sich sonntags in den Geschäften auf der Egerstraße gut eingedeckt hatte, fand noch Zeit, seinen gelungenen Einkauf in Leos Kneipe zu feiern, und konnte sicher sein, dort noch andere mit ihren Einkaufstüten zu treffen. So standen denn an den Weihnachtseinkaufsonntagen die Ecken in Leos Kneipe voll mit prall gefüllten Tüten, die darauf harrten, nach Hause geschafft zu werden. Doch einige feierten den gelungenen Einkauf sehr ausgiebig und hatten nachher Mühe, ihre Einkaufstüten wiederzufinden. Die eine oder andere Tüte kam dann, aus welchen Gründen auch immer, nicht am Ort der Bestimmung an.

In des Schuhmachers kleinem Laden tat normalerweise dessen Frau Dienst. Sie half den Kunden in die Schuhe, schleppte unermüdlich neue Paare heran »Da hab ich noch was.« Sie beriet und erklärte und die Leute ließen sich gerne von ihr bedienen. Aber an den Vorweihnachtssonntagen nahm ihr Mann ihr das ab, wohl auch, weil er die Bauern aus den Dörfern besser kannte und mit ihnen umzugehen wusste. Und weil er nach Schließen des Ladens sogleich bei Leo einkehren konnte auf ein paar Bier und Schnaps. Dort traf er dann Pille, der stolz erzählte, dass er mehr als ein Dutzend Flaschen Weinbrand verkauft hatte und fast genauso viele Flaschen Melissengeist. Jeder feierte seinen Weihnachtsumsatz, auch Kunn, dem man an diesem Nachmittag fünf Kisten Havanna-Zigarren abgekauft hatte. Nur Grete blieb für sich mit ihren Seidentüchern und Krawatten.

Das meiste davon entging Leo nicht. Denn vor dem Öffnen seiner Kneipe ließ er die Menschen auf dem Stück Egerstraße, das er einsehen konnte, auf und ab spazieren. Er konnte sich auch denken, wohin sie gingen, woher sie kamen.

Herberge zur Heimat

Am Heiligabend waren traditionell die Geschäfte bis zwei Uhr nachmittags geöffnet. Darauf wurde streng geachtet. Da schaute der eine dem anderen auf die Finger. Dann waren die Tannenbäume für das Wohnzimmer eingekauft oder irgendwo unerlaubt im Wald geschlagen worden. Jedenfalls lagen sie hinterm Haus und warteten darauf, zurechtgemacht und eingestielt zu werden. Das war Männersache.

Leo hatte sich eine zierliche kleine Tanne besorgen lassen und Bella hatte sie mit Lametta behängt und weiße Kerzen angebracht. So wollte es Leo. Den kleinen geschmückten Baum hatte er auf den runden Tisch in seiner Kneipe gestellt. Man wusste im Ort, dass am Heiligabend keine Kneipe geöffnet war, außer Leos. Und Leo hatte einen guten Grund, seine Kneipe am Heiligabend geöffnet zu haben: »Ich bin die Herberge zur Heimat«, sagte er und meinte damit, dass er den Heimatlosen, den Alleinstehenden und denen, die sich aus irgendeinem Grund am Heiligabend in ihrer Wohnung nicht wohlfühlten, dass er denen eine Heimat gab für diesen kritischen Tag.

Aber manch einer schlüpfte auch so zwischendurch in die Kneipe, zwischen Heiligabendgottesdienst in der Kirche und dem Heiligabendessen daheim. Da waren sich viele einig. Das Essen bestand aus Kartoffelsalat und Knackwürstchen, die alle drei Metzger in großen Mengen bereithielten. Und wer sich bei Leo zwei oder drei Bier genehmigt und zwei Schnaps getrunken hatte, der meinte, jetzt habe er so richtig Appetit auf Kartoffelsalat und Bockwürstchen. Tröstlich, dass Leo auch am ersten Weihnachtstag, an dem die Kneipen ebenfalls traditionell geschlossen waren, dass Leo auch an diesem Tag geöffnet hatte. Und wenn man an diesen geschlossenen Tagen bei Leo Einlass bekam, dann fühlte man sich schon irgendwie privilegiert und trank sein Bier mit besonderem Ernst. Auch Leo, der ja ohne Familie war, kam diese Regelung gelegen. Und er versuchte, für sich selbst und die Gäste eine Stimmung zu zaubern. Das gelang ihm auch mit einer Schallplatte mit Weihnachtsliedern der Wiener Sängerknaben. Manch einem kamen dann die Tränen und er dachte an frühere Zeiten. Die bekannteren Lieder wurden mitgesummt oder leise gesungen, und es war eine seltsame Stimmung in Leos Kneipe, die es nur zu Weihnachten gab. Manch einem war das wichtiger als der Besuch eines Weihnachtsgottesdienstes, der ja direkt neben Leos Kneipe stattfand. Das Brausen der Orgel drang bei günstigem Wind recht klar herüber.

Kneipentöne

Alle hatten sich viel zu erzählen in Leos Kneipe. Und wenn es einmal keine Neuigkeiten auszutauschen gab, dann nahm man sich gegenseitig auf die Schippe. Es ging eigentlich gar nicht darum, den anderen zu beleidigen oder herabzusetzen, wenn es auch für den nicht eingeweihten Zuhörer so klingen mochte. Es ging darum, eine Unterhaltung anzufangen und in Gang zu halten. Stille ist in einer Kneipe nicht gut zu ertragen. Wenn einmal Stille eintritt und diese ungemütlich lange dauert, dann muss schließlich der Wirt eingreifen und die Runde anheizen durch Aussagen, an denen sich viele reiben können. »Töön hat auch mal besser Fußball gespielt. Das Bier ist eigentlich viel zu billig. Dem Ditz ist die Frau abgehauen, recht hat sie ja.« Das war für die Runde an der Theke gemeint. Aber auch der Wirt konnte durchaus Zielscheibe einer Aussage sein: »Außer Bier gibt es bei dir keine warmen Getränke, oder? Ich habe deine Schnapsgläschen auch schon mal voller gesehen. Die neuesten Schallplatten hast du aber auch nicht.« Dann war blitzschnelles und schlagfertiges Reagieren gefragt. Wenn also zum Beispiel jemand zu Will, dem Fischer auf dem Rhein, der auch ein Motorrad fuhr, sagte: »Du kannst besser Aale fangen als Motorrad fahren«, dann musste blitzschnell eine Antwort her, die den Provokateur ganz schnell in seine Schranken wies, etwas wie: »Hör du auf, du kannst beides nicht.«

Kleinkunst in Leos Kneipe

Jenna war schon lange in Rente. Die Rente besserte er dadurch auf, dass er eine Tageszeitung austrug und dafür jeden Morgen, außer sonntags, früh aufstehen musste. Er zog den Packen Zeitungen auf einem Handwagen hinter sich her. Das hatte seinen besonderen Grund. Jenna hatte bei einem Motorradunfall den rechten Arm verloren und am linken fehlten ihm zwei Finger. Was ihm also blieb, waren drei Finger der linken Hand, die alles bewerkstelligen mussten: der Daumen, der Zeige- und der Mittelfinger. Damit ein Schnaps- oder Bierglas zu halten, bedurfte nicht allzu großer Kunst. Wofür er aber allgemein bewundert wurde, war seine Fähigkeit, mit diesem Rest an feinmotorischen Möglichkeiten eine Zigarette zu drehen. Dafür legte er das Zigarettenblättchen auf die Theke, gab Tabak in der nötigen Menge darauf, verteilte den Tabak gleichmäßig auf dem Blättchen, rollte das Ganze auf der Theke, nahm die gerollte Zigarette auf und befeuchtete den Kleberand mit seiner Zunge, die Zigarette mit den drei Fingern haltend. Er drückte die Enden aufeinander und die Zigarette war fertig. Für die anderen Gäste war es immer wieder ein Erlebnis, Jennas Drehkünste zu verfolgen. Die ganze Prozedur blieb ihm erspart, wenn einer der Gäste Jenna eine Zigarette aus der Packung spendierte.

Nicht immer wollte Jenna seine Zigarette beim Bier- oder Schnapstrinken im Aschenbecher ablegen. Dann kriegte er es irgendwie hin, mit den drei Fingern das Glas und die Zigarette zu halten.

Es gab also so etwas wie Kleinkunst in Leos Kneipe. Der rote Gerd mit seinen plötzlichen Stürzen, Alex mit seiner Kellnerartistik und der Perfektion, mit der er ein Schnapsglas mit Stiel zwischen Zeige- und Mittelfinger hielt und mit ausgestreckter

Hand zum Munde führte, wobei der Mund dem Schnaps entgegenschlürfte, oder Schuhmacher Hein von schräg gegenüber, der nach ein paar Bierchen aus Leos Kneipenmobiliar Rhythmusinstrumente machte und manchen Tango von der Schellackplatte oder manchen gesungenen Schlager rhythmisch untermalte. Meist schnappte er sich einen Stuhl und trommelte auf dem hölzernen Sitzboden mit seinen Fingern, sodass Schiebe- und Klopfgeräusche entstanden. Das machte ihm wirklich keiner nach. Und wenn jemand sagte: »Hein, mach noch mal Schlagzeug«, dann ließ er sich nicht lange bitten. Dann konnte manchmal ein solcher Lärm in Leos Kneipe sein, dass die vielen Knochen auf dem alten Friedhof rund um die Kirche eigentlich hätten erzittern müssen. In der Hölle ist die Hölle los, dachte dann wohl manch einer der draußen Vorbeigehenden.

Eine Runde für alle

Machen wir uns nichts vor. Dr. Kräh hatte schon recht, wenn er dem einen oder anderen seiner Patienten mit mancherlei Beschwerden sagte:»Merk dir eines, die Leber vergisst nichts.« Und seine Patienten, die Männer vornehmlich, wussten schon, was er meinte. Ihre Leber wurde durch die großen Mengen konsumierten Alkohols arg malträtiert. Und wenn dann noch das Zigarettenrauchen in großer Menge dazukam, dann waren das echte Risiken für die Gesundheit. Aber so ist das in der Kneipe: Das Trinken in Gesellschaft anderer macht eben größeren Spaß als in der Abgeschiedenheit der eigenen Wohnung. Neuigkeiten, Klatsch, Witze und ganz normale Unterhaltungen werden kostenlos mitgeliefert. Das Bier kommt aus dem Hahn und schmeckt anders als aus der Flasche.

Mit anderen zu trinken und anzustoßen machte mehr Spaß, und in der Kneipengesellschaft fand man auch immer einen Anlass, ein weiteres Bier oder einen weiteren Schnaps zu bestellen. Dann hieß es immer:»Leo, tu uns noch mal einen.« Auch der nichtigste Grund wurde als Anlass gewertet. Das konnte die ungeliebte Schwiegermutter sein, die endlich das Zeitliche gesegnet hatte. Oder dass Bäcker Quintin den alten Opel endlich so hinbekommen hatte, dass er wieder fuhr. Oder wenn Sarg-Hermann eine arg zugerichtete Leiche wieder so »hinbekommen« hatte, wie er es nannte, dass sie in der Leichenhalle für die Angehörigen präsentabel war und er dafür ein Lob bekommen hatte.

Auch Leo hatte immer mal wieder einen Grund, eine Runde auszugeben, zum Beispiel wenn er seine Fußprothese von Schuhmacher Hein zurückbekam und er das Gefühl hatte, er schwebe jetzt »wie ein Engel«.

So kamen viele Gründe zusammen, und man kann sich leicht

vorstellen, dass daraus ein Trinken ohne Ende wurde. Und so nahm ein jeder in Leos Kneipe auch Anteil an den persönlichen Dingen des anderen, zumal das oft mit einem Gratisbier oder -schnaps verbunden war.

Natürlich gab es auch die, die gerne von den anderen profitierten, aber selbst mit dem Ausgeben sehr zurückhaltend waren oder nie einen ausgaben. Die hatten schnell ihren Namen weg, »Lauschöpper«, so nannte man jene, die gratis schöpften. Die waren natürlich schnell entdeckt und bekannt und standen in der Kneipe nicht hoch im Kurs.

Umschlagplatz für Neuigkeiten

Nachrichten aus dem Ort landeten im Nu in Leos Kneipe. Die Kneipe selbst befand sich im Zentrum des Geschehens. Beim Markt kamen die vier Hauptstraßen zusammen. Mit den Augen und den Ohren war man ganz dicht dran. Wer sich am Markt befand oder ihn passierte, hatte die Chance, andere aus anderen Richtungen zu treffen. Dann wurden Nachrichten ausgetauscht. Viele davon wurden direkt in Leos Kneipe getragen, von vielen Ohren gehört und nach dem Verlassen der Kneipe zu Hause oder auf dem Weg nach Hause weitergegeben. So war Leos Kneipe ein regelrechter Umschlagplatz lokaler Nachrichten. Das machte auch einen Teil der Kneipenunterhaltung aus. Damit konnte man sich wichtig tun, Staunen erregen oder andere Reaktionen hervorrufen, Motor für Kneipengerede. Manch einer redete sich auch die Sorgen und Probleme von der Seele. Und der katholische Pfarrer mochte noch so oft von der Hölle reden, die Leos Kneipe sei, hier fand wahrscheinlich intensivere Erleichterung der Seele statt als im Beichtstuhl. Wirt Leo bekam eine Menge zu hören, und er wusste wohl zu unterscheiden zwischen den Dingen, die er getrost weitererzählen durfte, und denen, die er für sich behalten musste.

Mit Falstaff in der Kneipe

Viele der Aktivitäten, die für andere selbstverständlich waren, kamen für Leo nicht infrage, und das schon seit seiner Kinderzeit. Zur Schule wurde er auf einem Karren gezogen. Das tat ein guter Freund. Leo konnte keine größeren Strecken gehen oder laufen, kein Fahrrad fahren oder schwimmen. Die eingeschränkte Lebensqualität war für ihn Normalität. Und dennoch muss er unter diesen Mängeln gelitten haben. Er kompensierte einiges durch eine lebhafte Gestik, denn das Theatralische war ihm nahe. Wie gern wäre er Schauspieler am Theater geworden, aber einen Hinkenden hätte man nicht genommen. So blieb für ihn nur das passive Vergnügen am Theater, das Vergnügen des Zuschauers.

Irgendwann setzte Leo einen Ruhetag fest. Er suchte sich den Dienstag aus. Das wurde der Tag, an dem er in die Theater der Umgebung fuhr. Er hatte die Auswahl zwischen vier Theatern und irgendetwas aus den Programmen interessierte ihn immer. Da er selbst keinen Führerschein hatte und kein Auto besaß, war er auf einen Fahrer angewiesen, und der musste seine Theaterliebe teilen. Die ganze Woche war er auf der Suche nach einem willigen Begeisterten und froh, wenn er einen gefunden hatte.

Oft genug war das Auto voll besetzt. Es machte Leo Spaß, in einer Gruppe mit ähnlich Begeisterten ins Theater zu fahren. Dann warf er sich in Schale, trug Anzug, ein glatt gebügeltes Oberhemd und eine Krawatte, versah sein Haar mit Pomade, machte sich richtig fein für die Stadt. Wenn er in seinem Zuschauersessel saß, dann war er allen anderen gleich. Er kaufte immer ein Programmheft, das er sorgfältig aufbewahrte. Nach einiger Zeit kannte er sich bei Regisseuren und Schauspielern gut aus. Gerne sah er Schauspiele von Schiller und Hauptmann, besonders aber Shakespeare-Dramen. Abends im Bett, da konnte es noch so spät sein, las er Stücke nach. Manche Passagen deklamierte er, und wenn ein zufälliger Passant draußen nach oben zu Leos Schlafzimmerfenster geschaut hätte, dann hätte er Leos gestikulierenden Schatten sehen können. Das war das Vergnügen danach, so lebte er das gesehene Stück noch einmal nach.

Eine seiner Lieblingsfiguren war Falstaff. Dieser dicke Genießer, Kneipenkumpan des Prinzen. Dem guten Essen und einem guten Tropfen zugetan. Seine derbe Sprache und sein geringer Respekt vor Autoritäten müssen Leo wohl beeindruckt haben. Der Gedanke, dass Falstaff mit dem jungen Prinzen durch die Kneipen zog und ihm diesen Teil der Sozialisation mitgab, muss Leo fasziniert haben. Dazu kam die Tatsache, dass Falstaff eben so etwas wie ein Kneipencharakter war und die Kneipe so in die Höhen des Dramas aufstieg. All das beeindruckte und beflügelte Leo. Die Art, wie Falstaff der Kneipenwirtin Komplimente macht. »Ist nicht meine Kneipenwirtin das süßeste Weibsbild?«

Der Prinz macht sich lustig über Falstaff, beschimpft und beleidigt ihn, aber Falstaff schlägt auch zurück und schont den Prinzen nicht. Hier wird kräftig mit dem Wort duelliert. Als Falstaff mit dem Prinzen eine Scheinbefragung über seine Eignung durchführt, weiß er auch, sich ins rechte Licht zu rücken, eine herrliche Möglichkeit. Der Prinz ergeht sich in allen sprachlichen Möglichkeiten, die Korpulenz seines älteren Trinkgenossen herauszustellen und sie in allen möglichen sprachlichen Bildern zu verspotten. Er setzt ihn so herab, dass zartere Gemüter dies als grobe Beleidigung quittiert und handgreiflich dem verbalen Getue ein Ende gesetzt hätten.

Aber Falstaff ist mehr an der intelligenten Fortsetzung der Unterhaltung gelegen und der Prinz weiß das. Falstaff ist für den Prinzen sozusagen der Sandsack, an dem er sich als Boxer abarbeitet. Aber der Sandsack ist eben auch dickfellig und einiges gewohnt. Er kann sich auch selbst auf die Schippe nehmen: »Meine Haut hängt an mir wie die weiten Kleider einer alten Dame.« Die Art, wie Falstaff sich selbst auf die Schippe nimmt, das muss für Leo so etwas wie eine Verhaltensvorlage gewesen sein. Falstaff, ein Mensch mit körperlichen Auffälligkeiten und Unzulänglichkeiten, nimmt durch selbstsicheres Auftreten und Schlagfertigkeit und intelligente Rede die Leute für sich ein. Mit Falstaff hätte Leo wahrscheinlich gerne eine Nacht gebechert. Und er hätte ihn sicher ausgehalten in seiner Kneipe und ihm Wacholder oder Korn und reichlich Pils spendiert und sich intelligent mit ihm unterhalten.

Diese erdverbundene Gestalt mit allen ihren Schwächen war so ganz nach Leos Geschmack. Falstaff: »I am not only witty in myself, but the cause that wit is in other men.« Diese Selbstbeurteilung zeigt, dass Falstaff mit Selbstlob nicht zurückhaltend ist. Er wird in Teil 2 von Henry IV. vom Prinzen Hal fallen gelassen. Falstaff hat als Sozialisationsinstanz ausgedient. Aber damit musste er wohl rechnen. Vielleicht hat er dies auch einkalkuliert.

Theater und Leben

Leos Theater- und Musikhunger wuchs. Er richtete sich ein in der Rolle des Privilegierten, dem menschliche Gefühle, Sehnsüchte, Schicksale offengelegt wurden. Dem sich Figuren anboten, mit denen man sich identifizieren konnte, weil man in ihnen Eigenschaften sah, die man schätzte, die in einem selbst schlummerten oder die man gerne gehabt hätte. Die Zeit in der Kneipe wurde dann für Leo oft zum langen Intervall zwischen Theater- oder Konzertbesuchen. Den Dienstag konnte er kaum erwarten, wenn er sich gut anzog, mit Duftwässern und Haarcreme nicht sparte, sich genügend Geld einsteckte, um den Fahrer zu entlohnen und die Mitfahrer beim Kneipenbesuch auf dem Weg zurück freizuhalten. Dann wirkten Theater oder Musik in ihm noch nach, und er sagte Sachen wie: »So einen Don Carlos habe ich noch nie gesehen. Der Höllenpförtner hat wieder richtig die Sau rausgelassen. Der Gefangenenchor war eine Wucht.« Und beim Bier ging es dann weiter.

Manchmal waren die Tage des Kneipendienstes für Leo allzu trist und monoton. Es kamen ja immer dieselben mit ihren bekannten Macken, ihrem vorhersagbaren Verhalten und ihrer vorhersagbaren Sprache. Alex, der beim Bestellen immer in hoher Stimmlage sprach, obwohl er sonst eher eine tiefe Stimme hatte. Der, wenn er einen Schnaps bestellte, schon die Lippen spitzte, so als sei das Gläschen bereits auf dem Weg zu seinem Mund. Pinsel Willi, der mindestens einmal am Abend sagte: »Dummheit frisst, Intelligenz säuft.« Und mindestens einer aus der Runde antwortete ihm: »Da hast du recht.« Und Hein, der Schuhmacher, der nach seinem fünften Bier sich einen Stuhl griff und den Boden im Takt betrommelte. Und Sarg-Hermann, der – zum wievielten Male eigentlich? – sagte: »Eine Runde für meine Kunden!« Und immer gab es noch welche, die darüber lachten, obwohl sie es zigmal schon gehört hatten. Wenn die drei lustigen und trinkfesten Damen sich der Kneipe näherten und sie jemand kommen sah, dann würde gesagt werden: »Leo, leg Tango auf.« Und zum Empfang würde, wenn Leo zustimmte, tatsächlich der Begrüßungstango erklingen: »Sind die weißen Segel gesetzt …« Und die drei lustigen Damen würden sich wieder einmal geehrt fühlen und spontan in angedeutete Tangoschritte verfallen.

Wiederkehrende Rituale, lieb geworden und Heimat stiftend auf der einen Seite, aber in gewissen Momenten auch monoton und langweilig. Und manchmal neigte Leo doch mehr zur letzteren Beurteilung.

Sollte es dich in die Gasse verschlagen, die links neben der evangelischen Kirche von einer der Hauptstraßen abgeht – aber warum sollte es das? –, wirst du nach einigen Schritten zwei Fenster und eine nichtssagende Tür passieren. Sie werden deine Aufmerksamkeit nicht erregen. Das war einmal anders, als sich hinter den zwei Fenstern die kleinste Kneipe der Welt verbarg, mit Leo, dem Wirt, der den großen Shakespeare in seine Kneipe holte und zu Gast hatte mit seinen Figuren, der Körnchen bereithielt für Falstaff und Orsoyer Zecher.